O Legado do Gelo

G. F. C. SCOPEL

O Legado do Gelo

partners coerência

DIREÇÃO EDITORIAL
Lilian Vaccaro

ASSISTÊNCIA EDITORIAL
Raquel Escobar

PRODUÇÃO GRÁFICA
Giovanna Vaccaro

CAPA
Sarah Libna

DIAGRAMAÇÃO
Michael Vasconcelos

Dados Internacionais de Catalogação na Publicação (CIP)

Scopel, G. F. C.
O legado do gelo / G F C Scopel – 1ª edição – São Paulo: Coerência, 2023

ISBN: 978-65-89850-75-5

CDD: 869.3

Índices para catálogo sistemático:
1. Ficção brasileira 2. Fantasia I. Título

Rua Coronel Leme, 43 | Centro
Bragança Paulista | SP | 12.900-340
www.editoracoerencia.com.br
Tel.: (11) 9.8020-0810

Em memória de meu querido pai,
meu exemplo e mentor.

Prefácio

O que caracteriza um grande artista?

Em *O legado do gelo*, Gustavo Scopel coloca toda sua criatividade e inventividade em ação, proporcionando uma leitura intensa, envolvente e repleta de detalhes de um universo próprio de uma mente artística e inquieta.

A história contempla o gênero Literatura Fantástica, no subgênero Alta Fantasia, e suas formas estruturais de desenvolvimento fazem jus tanto ao gênero quanto ao adjetivo fantástico.

Os diálogos são riquíssimos, porém com linguagem simples; a sofisticação nem sempre está na complexidade das palavras, e sim na profundeza dos argumentos e na competência da transmissão das ideias. Neste quesito, Gustavo Scopel é um verdadeiro mestre.

As ilustrações são um espetáculo à parte, que nos permitem vislumbrar ainda mais com grande riqueza as minúcias de uma obra contemplativa e cativante.

Os personagens se desenvolvem com enorme naturalidade, e as amarrações da trama principal não deixam ninguém sem desfecho, permitindo assim que tenhamos a facilidade em criar vínculos emocionais com "alguns ou muitos" desses incríveis personagens.

O universo contempla criaturas monumentais, jornadas colossais, e todos os desafios das aventuras valem cada capítulo e cada página.

É com grande satisfação que falo sobre esta verdadeira obra-prima e sobre este autor determinado, metódico, criativo e sempre em busca de aprimoramento, dentro das artes e da vida, o que torna Gustavo Scopel um artista fenomenal e completo.

Boa leitura.

Júlio Ferraz
03.03.23

Prelúdio

Após conquistar a relíquia proibida de sua Ordem, Pravell já não mais se importava com a sede, a fome ou os flagelos dos dias seguidos no deserto de Khol Naduf. Logo que tomou posse do artefato profano, retornou às pressas pelo último portal, mas, além da adaga umbral feita da garra de alguma besta do mundo antigo, trouxe consigo algo mais.

Enquanto seu corpo era transportado na viagem planar entre os portais, Pravell gradativamente sentia uma presença desconhecida junto de si, uma voz que ecoava do Além-Véu e penetrava sua mente; a princípio como um invasor, que aos poucos passou a ser aceito. Concentrando-se, sabia que aquela voz não era a de sua padroeira soberana. Na realidade, seus tempos de feitiçaria haviam ficado para trás. Pravell perdera seu apadrinhamento elemental e se tornara pária perante a Ordem dos Guardiões do Norte.

Ao retornar às galerias escuras das ruínas arsimérias pelo monumento usado como portal, Pravell continuava ouvindo as tais vozes e sentia a sugestão maligna na mensagem produzida em um idioma desconhecido. Sem sua projeção ocular elemental, não enxergava nada na escuridão. Acendeu então sua última tocha e se deparou com a mesma grande câmara onde sua jornada se iniciara. Contudo, estava a sós, e não havia sinal de quem ou o quê produzia as vozes tenebrosas que ouvia.

Passou em seguida a questionar sua sanidade. Teria sido vítima de alguma maldição conjurada na relíquia? Teria permanecido tempo demais no plano etéreo de existência? Ou quem sabe algo mais simples, como o resultado de uma insolação combinada à desidratação e à desnutrição... Pravell teve seu raciocínio violentamente interrompido pela dor de mil enxaquecas. Caiu de joelhos, aos berros, contorcendo as expressões e apertando os dentes. Levou as mãos ao rosto, cravando as unhas fundo em sua carne. Por fim, fechou os olhos e, ao estar na escuridão interna de si, vislumbrou o horror encarnado.

Pravell testemunhou nas trevas a sombra mais escura do que a ausência de luz. Um ser colossal, antropoide e fumegante composto por centenas de membros multiarticulados, que serpenteavam no ar em sua direção. Tinha a cabeça como a de uma serpente coroada com chifres ameaçadores, e dezenas de olhos negros ali se arregalaram de maneira horripilante. Por fim, abriu uma bocarra infinita repleta de fileiras de dentes afiados e línguas bífidas, como tentáculos que sibilavam seu nome com diversas vozes em uníssono, como um hino tétrico.

Em desespero, abriu os olhos e, para seu alívio, a entidade não estava lá, nem a dor ou as vozes de pouco antes. Mas, de forma repentina, Pravell urgia por cometer um crime abominável. Algo impensável até mesmo para alguém que traíra sua própria Ordem. Ou será que não? A ideia de ceifar uma vida utilizando a adaga-garra surgiu em um estalo de dedos. Porém, não poderia ser qualquer vida, não queria enterrar o punhal profano na carne de um criminoso. Pravell sentia a necessidade de abastecer a relíquia com sangue fresco e inocente. Um sacrifício à altura de um ser supremo que lhe concedera a honra da revelação.

Então permaneceu em estado de choque e reflexão com os planos que fazia quase de forma inconsciente. Desejava sair daquelas criptas abissais, esperar até a meia-noite, raptar uma criança, sangrá-la com a adaga e se banhar em seu sangue. Em seguida, contudo, esforçava-se para afastar e resistir a tais pensamentos horríveis. Chegou a cogitar voltar para o Reduto do Vale Ocidental e entregar o artefato nas confiáveis mãos da sábia Latyria, a soberana de sua Ordem. Por fim, compreendeu que não teria forças o bastante para resistir à influência maligna por tantos dias de jornada. Precisava agir logo.

Após longos instantes em estado introspectivo, com olhar hipnotizado pelas últimas chamas da tocha, Pravell agiu, surpreendendo até mesmo a si. Apagou a tocha com as mãos nuas sem se importar com a dor das brasas ardentes a queimar sua pele. Em seguida, arregalou os olhos nas trevas absolutas do amplo salão em busca da figura hedionda que havia visto. Ansiava por sua evocação. Clamava por ouvir as vozes novamente. Lágrimas escorriam de seus olhos, mas permanecia em silêncio.

Pravell, aos poucos, perdia sua referência de tempo. Assim como pouco a pouco perdia os sentidos. Não sentia frio, sede, fome nem o cheiro forte de mofo do recinto. Sua língua parecia amortecida, e seus ouvidos captavam apenas um zumbido distante. Uma forte sensação de vazio e despropósito tomou-lhe de maneira inadvertida. Tentando manter o foco e retomar seu poder de raciocínio, esforçou-se para se concentrar, no entanto apenas para se deparar com mais questionamentos. Pravell já não mais sabia havia quanto tempo estava em estado de transe e submersão em pensamentos conflitantes na escuridão daquele salão ancestral. Teriam passado horas? Apenas alguns instantes? Dias?

Foi quando sua visão passou a se acostumar com a escuridão e a enxergar o grande salão como que em tons de cinza. Pravell se levantou devagar, ainda sob a confusão de pensamentos e o espanto das novas sensações. De repente, passou a rir de maneira frenética enquanto as mãos agarravam os longos cabelos e os arrancavam aos tufos. A única coisa que chamava sua atenção naquele momento era o diagrama rúnico conjurado no chão próximo à saída da grande câmara. Era o último encantamento deixado por Grathal Kaar.

Pravell cambaleou naquela direção com o apoio de seu velho cajado. Sua mente perturbada lutava consigo mesma em uma tentativa de levar o corpo em direção aos desenhos encriptados no chão e, ao mesmo tempo, tentando desviar daquilo. Soluçava entre risos enlouquecidos ao que suas pernas produziam movimentos espásticos e involuntários. Sua mão percorria o rosto com os dedos pressionados, perdendo as unhas presas e enterradas em sua face ensanguentada. Ao chegar em frente à pintura arcana no chão, o corpo de Pravell pendeu para a frente, quase caindo sobre o diagrama com runas, mas freou e parou de forma não natural em posição que contradiz a lógica. Em seguida, a mão que se apoiava no cajado, símbolo de sua Ordem, moveu-se de maneira errática para a frente, levando a base do bordão contra o encantamento no chão.

Assim que o cajado entrou em contato com o diagrama mágico, a aflição de Pravell chegou ao fim, substituída por chamas, rochas, escuridão e silêncio.

1

A MÃO QUE MOVE AS PEÇAS

Os eventos que transformaram a pacífica e ordeira Caedhur numa cidade amaldiçoada se iniciaram de forma despretensiosa em uma manhã fria durante o período da junérea, no escritório de Kurtshov, o conselheiro da jarl do vilarejo nordestino. O homem nortenho de meia-idade estava compenetrado na leitura de manuscritos ancestrais na câmara escura e fechada. De súbito, sua concentração foi perturbada pelo ranger da porta se abrindo. Ele se apressou a esconder os antigos registros em papel amarelado de bordas puídas sob os mapas e os pergaminhos que estavam sobre sua larga mesa, uma escrivaninha iluminada por uma porção de velas em pequenos castiçais arcaicos de ferro fundido e cercada por estantes cheias de livros, pergaminhos e outros itens de estudo.

Ao se virar para a entrada com expressão descontente, pronto para esbravejar contra quem ousava interromper sua pesquisa de forma invasiva, foi forçado a mudar seus planos e, com expressão de espanto, exclamar:

— Jarl Tarin! Existe alguma emergência?

Ele se levantou de sua enorme poltrona coberta por pele de urso, em respeito, observando a mulher nordestina de meia-idade que entrava no recinto de teto baixo, feito de firmes tábuas de madeira da grande floresta ao sul. Ela caminhou em sua direção, altiva, pelo chão feito de largas peças de pedra cobertas de poeira que o sol não tocava havia dias.

De repente, freou seu avanço, olhou ao redor, ignorando a pergunta, e mirou com os olhos apertados as paredes compostas por grandes blocos de pedra com rejunte em argamassa exposta. Depois observou os móveis rústicos, feitos da mesma madeira do velho bosque. Um sutil cheiro de mofo misturado com aroma de ervas predominava no ambiente. O conselheiro já não o sentia mais, contudo, para ela, era muito marcante.

Ela então retomou seu caminhar na direção do conselheiro, dizendo de forma natural:

— Como vai a família, Kurtshov?

O homem, escondendo a impaciência e a desconfiança, respondeu:

— Não estava preparado para recebê-la, jarl.

Ele prestava bem atenção na governante, tentando captar suas intenções. Ela usava um longo vestido escuro e uma capa curta de peles, que cobria seu corpo de curvas acentuadas. A mulher o encarava com um olhar sereno em um rosto que demonstrava imponência, experiência, sofrimento, mas que havia sido preservado pelo tempo.

— Como vai sua esposa, Kurtshov? Há dias não vejo minha querida e gentil comadre Halgeria.

O conselheiro ficou incomodado, mas soube esconder seus anseios muito bem. Apenas respondeu de forma dissimulada:

— Como posso ajudá-la, minha senhora?

A líder do vilarejo parou à sua frente. Ela admirou o conselheiro por um breve momento. O homem apresentava traços finos para um ultherano. Tinha a barba bem-feita, com cavanhaque, também se diferenciando dos montanheses, que comumente usavam densas barbas longas. Outra característica que o distinguia de seus conterrâneos era a cor de sua pele. Os ultheranos eram famosos pela cútis clara, no entanto Kurtshov se destacava: era pálido como a neve que caía ao lado de fora, contrastando com os cabelos pretos como a noite, longos até os ombros, as sobrancelhas bem delimitadas, os olhos escuros expressivos naturalmente contornados, e cílios longos. De estatura comum nas Terras Altas, era forte, porém esbelto, esguio, e não robusto como a maioria dos outros ultheranos.

Ela desviou o olhar enquanto os olhos claros tentavam se ajustar à escuridão:

— Ora, Kurtshov. Não posso visitar meu principal conselheiro?

Ele, ainda desconcertado pela interrupção, esforçou-se a se recompor e respondeu de forma educada:

— Isso não é nada ortodoxo. Você deveria ter me chamado até o salão comum.

— O assunto é confidencial até mesmo para o grande hall. Prefiro tratar a sós — respondeu conforme se direcionava à poltrona perto da escrivaninha, onde estavam os papéis misteriosos.

O conselheiro apontou para a cadeira menor, afastada da escrivaninha, e disse:

— Sente-se, jarl Tarin. Por favor. E me conte de que forma posso ajudá-la em assunto tão discreto.

A líder olhou para ele, sorrindo, ao passo que ignorava sua orientação e se sentava na poltrona grande perto dos papéis.

Ele mascarou a preocupação que sentia com um semblante seguro e determinado. O conselheiro não queria que ela tivesse acesso às informações ali presentes. Ao mesmo tempo, a jarl comentou:

— Não sabia que você é um morcego, Kurtshov.

O astuto conselheiro prontamente se pôs a acender as duas tochas presas ao redor da porta e, quando foi abrir a pequena janela escondida sob uma portinhola de madeira bruta e diversas camadas de pano, ela o repreendeu:

— Não! Deixe a janela fechada. Já está frio o suficiente aqui dentro. E não quero arriscar que nossa conversa seja levada vento afora.

Kurtshov obedeceu e se explicou sem perder a compostura:

— O silêncio, o frio e o escuro fazem bem para meu foco.

Ao que ela aceitou, sentada de forma confortável e com os olhos descansados.

— Você é exótico em suas maneiras, mas é o melhor em toda Ulther.

Ele sorriu.

— Minha eficiência é inspirada em sua liderança, jarl Tarin.

A governante ruborizou e, quando estava para responder de forma lisonjeada, expressou horror e apontou para o canto antes escuro do recinto, bradando:

— Aquilo é o esqueleto de uma criança?

Ainda sem desmontar seu semblante, o conselheiro esclareceu com muita calma:

— Não, minha senhora. Trata-se dos restos preservados de um kasporiano.

— Onde você consegue essas coisas? Ah, já sei! Aquele seu criado jastariano estranho, não é? — comentou ela, recuperando-se do susto.

O anfitrião expressou breve descontentamento com a afirmação de sua líder; ainda assim, respondeu:

— Sim. Mas ele não é apenas um criado. Se não fosse por ele, eu não seria capaz de desempenhar todas as minhas funções.

Tarin, demonstrando fascínio pelo assunto, insistiu:

— Ele é um ilusionista? Estou certa, não? Pode me contar.

Kurtshov sorriu com o canto da boca.

— Não seja preconceituosa, Tarin. Nem todos os jastarianos são adeptos das antigas artes da manipulação mental e visual.

Sem que seus interlocutores pudessem perceber, o diplomata era mestre em se esquivar de respostas e assuntos que não lhe agradavam. Ele sorriu, encarando-a com um olhar profundo e ambíguo, que a fez desviar os olhos.

A curiosa jarl retornou sua atenção ao esqueleto.

— É um de seus projetos? Pesquisas? Por que você precisa dessa coisa?

Kurtshov, com expressão de satisfação, sanou a curiosidade da jarl:

— Para estudar, aprender e entender nossos vizinhos sulistas. Acredito que temos muito mais diferenças do que apenas estatura, cútis e longevidade. Entendo também que nossas civilizações terão mais contato no futuro e conhecê-los será vital para o que quer que venha a ocorrer.

Ela se tornou pensativa e soltou:

— Nunca vi um sulista, sabe? Na realidade, o único forasteiro que conheço é esse seu serviçal medonho.

Kurtshov sorriu e, quando estava prestes a corrigir a jarl na forma como se referiu ao jastariano, ela voltou a atenção para a escrivaninha e o interrompeu:

— Eu o admiro muito, Kurtshov, sabe disso. Caso contrário, não seria meu principal conselheiro.

Ele acenou com a cabeça em respeito e agradeceu enquanto caminhava devagar em sua direção, escondendo a apreensão.

— Ora, obrigado, jarl Tarin. Mas não sou nada além de seu leal e devoto servo.

O homem parou ao lado da reflexiva mulher, que disse:

— Além de ocupar o posto mais alto em Caedhur abaixo do meu, você ainda arranja tempo para pesquisar e estudar. Admiro sua gana por conhecimento e sabedoria.

Ele a encarou de cima para baixo, preocupado que ela encontrasse as escrituras ancestrais, e respondeu com sua voz envolvente:

— Procuro apenas as ferramentas necessárias para melhor servi-la, jarl.

Ela revezava o olhar entre os papéis na mesa e o homem, mais próximo dela do que a etiqueta mandava. Ele insistiu, tentando capturar a atenção de Tarin, e disse em tom de flerte:

— A admiração que tem por mim é o reflexo do esforço que emprego para ser o melhor para você.

Ele tinha um olhar de luxúria contra ela e apoiou a mão no encosto da poltrona, arqueando-se em sua direção. A mulher ruborizou. A princípio, retribuiu o olhar ao mesmo tempo em que mordeu os lábios, mas logo desviou o rosto, respirou fundo, piscou algumas vezes e disfarçou, voltando o foco à escrivaninha.

Kurtshov, preocupado, deu a volta em sua cadeira, indo para atrás dela, enquanto ela comentava e tentava acompanhar os movimentos do conselheiro com o canto dos olhos.

— Você teria sido um grande Guardião do Norte, o maior de todos. Fico feliz que isso não tenha acontecido e agora eu possa contar com seu apoio...

O conselheiro se abaixou, e ela sentiu a respiração do homem em seu pescoço. Kurtshov percebeu os pelos dela se arrepiarem, então sussurrou em seu ouvido:

— Sua sabedoria e competência só são ofuscadas por sua beleza sem igual. Pode contar comigo para qualquer coisa.

Ela virou o rosto em sua direção e, quando seus lábios estavam prestes a se tocar, o som da porta emperrada anunciou um novo intruso no escritório, que chegava aos berros:

— Kurts! Nós conseguimos, encontramos!

O jovem esbaforido exclamava sem mesmo estar completamente dentro do escritório. Contudo, logo que fechou a porta atrás de si e se deparou com a jarl, então de pé ao lado do conselheiro, seu rosto se tornou vermelho de vergonha. Ele se curvou e suplicou:

— Perdão, minha senhora. Vou deixá-los e retorno em momento mais oportuno.

Tratava-se de um homem de cabelos castanhos curtos, muito bem cuidados e penteados, com barba rala, mas muito bem delineada no rosto. De físico esbelto e forte, assim como o conselheiro, distinguia-se da maioria de seus conterrâneos na apresentação e no aspecto físico. Usava um gibão longo e acolchoado sob a cota média de escamas debaixo de uma couraça metálica leve que lhe cobria apenas o peitoral. Trazia um cinto igualmente leve de couro, enrolado várias vezes sobre a armadura, ao qual estava presa a bainha de uma espada curta de cabo adornado.

Antes do soldado envergonhado se retirar, a soberana o interrompeu de maneira imponente:

— Não, capitão Tomhir. Fique e conclua o que estava dizendo. Que assunto importante você trouxe a Kurtshov antes de levá-lo ao meu conhecimento?

O jovem capitão se levantou devagar. Mirou os olhos castanhos para o conselheiro de forma confusa enquanto Kurtshov, por sua vez, retribui-lhe um olhar enfurecido, com respiração acelerada e punho cerrado. O conselheiro, porém, recompôs-se para não permitir que a jarl percebesse seu repentino estado de raiva ao que o capitão gaguejava:

— Er... É sobre... Eu...

Ela deu um passo em sua direção, com olhar intimidador.

— Sim? Você estava pronto para anunciar algo apenas um instante atrás e agora se tornou tolo?

Ele desviou o olhar da expressão odiosa de Kurtshov, olhou para a jarl, baixou os olhos junto dos ombros em sinal de derrota e anunciou de forma desanimada:

— Os escavadores encontraram a entrada das minas ancestrais.

A jarl virou o rosto para Kurtshov, que a encarou com expressão tranquila, e anunciou:

— Finalmente! Esta é uma notícia interessante.

Jarl Tarin foi interrompida por Kurtshov, que se aproximou dela, tocou seu braço com gentileza e explicou de forma educada:

— Eu queria ser o primeiro a lhe trazer tal notícia, Tarin. Junto de um plano de como procedermos a respeito.

Ela sorriu. Ele não tinha certeza se por satisfação ou ironia. E então quem se pronunciou foi o capitão, constrangido:

— Perdão, minha senhora. Agora devo me retirar. Com sua licença...

Mas ela respondeu de forma imperativa:

— Não. Permaneça e ouça o que tenho a dizer, pois esta foi a única razão pela qual vim até este escritório frio e escuro. — Kurtshov lançou sobre ela um olhar malicioso e um sorriso de canto de boca. Ela apenas prosseguiu: — Minhas orientações servem para vocês dois. Sei o quanto está ansioso para explorar as galerias subterrâneas de Caedhur, Kurtshov, mas você vai aguardar minha ordem para isso.

A expressão no rosto do conselheiro se tornou uma de desconfiança e de desânimo, e ele disse devagar:

— É claro, jarl. Posso saber o motivo de esperarmos?

Ela se virou de frente para ele, levou a mão ao seu ombro e deixou escapar um largo sorriso.

— Agi contra seus conselhos pela primeira vez desde que se tornou meu braço direito, nobre amigo.

Ele se esforçou para se manter inabalável frente ao anúncio de sua líder e permaneceu sério, acenando com a cabeça em aceitação.

No entanto, logo que ela virou de costas e iniciou seu vagaroso caminhar em direção à porta, Kurtshov se tornou inquieto e apelou:

— Posso saber o que exatamente a senhora fez?

Ele já desconfiava do que seria revelado, porém precisava ter certeza. Chegando perto da porta, ela apenas avisou, sem se virar para trás:

— Convoquei uma equipe de especialistas em segredo. Vocês descerão juntos assim que eles chegarem. Mas não se preocupe, Kurtshov, eles devem estar próximos. Enviei os pombos da rocha antes do outono e as respostas voltaram há duas luas cheias.

Ela riu, o jovem capitão abriu a porta para que ela passasse, e o conselheiro, sem esconder seu descontentamento, insistiu:

— Quem você chamou, Tarin?

Ela se virou para trás com um sorriso enquanto ele, tentando esconder a expressão de derrota, ouviu:

— Uma conhecedora de ruínas ancestrais dos Primeiros e um Guardião do Norte. Ambos ficaram muito contentes com meu convite.

Kurtshov apertou os olhos. Zangado, rangeu os dentes, abaixou a cabeça e acelerou até a porta, exclamando:

— Qual Guardião?!

Ela respondeu do outro lado, seguindo pelo corredor que levava para fora da habitação:

— Ora, você sabe qual.

Inconformado, Kurtshov reclamou junto da porta:

— Apenas diga o nome!

E para seu repúdio, ouviu do fundo do caminho:

— Krohagen!

Ao que ele bradou imediatamente:

— Bah! O pior de todos!

E bateu a porta, fechando-se no escritório com um praguejar.

2

ILUMINADO

Antes mesmo de o jovem capitão se pronunciar, Kurtshov, muito revoltado, repreendeu-o:

— Tomhir, seu simplório, estragou tudo!

Ao que o rapaz, demonstrando arrependimento, respondeu, hesitante:

— Desculpe, Kurts...

Foi interrompido pelo rompante do conselheiro andando em direção à escrivaninha.

— Você não entra em um recinto esbravejando uma notícia dessas sem saber quem está do outro lado da porta!

O capitão, cabisbaixo, defendeu-se:

— Nunca imaginaria encontrar a Viúva aqui.

Kurtshov parou brevemente, sorriu e respondeu:

— Nisso você está certo. — Mas logo retomou o estado enfurecido: — E por que não inventou alguma história quando ela o questionou?

Ao que foi respondido, ainda de forma entristecida, pelo capitão:

— Você sabe que não consigo.

Kurtshov bufou enquanto juntava os documentos antigos, e replicou:

— Maldita virtude, Tom! — O homem, impaciente, freou, ergueu o dedo e anunciou: — Nós não perderemos tal oportunidade. Vou saber o que tem lá antes dos nojentos Guardiões do Norte, está me entendendo?

Kurtshov levou os papéis até um pequeno baú no canto do recinto, onde os acomodou junto de outros e, por fim, trancou-o com um cadeado. Ao mesmo tempo, o capitão saiu de perto da porta, questionando:

— Por que esse buraco é tão importante para você? O que tem lá?

Kurtshov sacou o baú, acomodou-o debaixo do braço e seguiu para a porta a passos apressados.

— Caminhe comigo, Tom. — Deixaram o escritório e seguiram pelo corredor escuro de tijolos rochosos e teto baixo. — Quando me tornei conselheiro, tive acesso à biblioteca dos jarls e seus registros. Na época, você ainda era um pirralho que brincava de guerreiro com os vizinhos.

— Não faz tanto tempo assim — retrucou Tom.

— Vocês, jovens, percebem o tempo de forma diferente, rapaz — replicou Kurts.

Atingiram o fim do corredor, e o capitão abriu a porta para o conselheiro atravessar. Do outro lado, foram recepcionados pelo frio das Terras Altas e o céu cinzento, onde feixes de luz solar rasgavam as nuvens. Dois soldados os saudaram em respeito às autoridades. Ambos usavam indumentária parecida com a de Tomhir, exceto pelo tabardo com o brasão do vilarejo e o elmo de bronze, que o jovem capitão não trazia consigo.

— O que vou dizer deve ficar entre nós — explicou o conselheiro.

Após alguns passos, atingiram a praça do vilarejo de Caedhur, na qual comerciantes se reuniam para negociar o fruto de seus trabalhos ao redor de uma imensa bandeira com o brasão ultherano. O conselheiro e o capitão seguiram, desviando das crianças que corriam felizes e dos cães que buscavam no chão por espólios dos feirantes.

Enquanto contornavam a praça, Kurtshov continuou em voz contida:

— Entre as antiguidades na biblioteca, encontrei um diário secreto compartilhado pelos primeiros jarls de Caedhur. Foi assim que fiquei sabendo da entrada para o nível subterrâneo selada e escondida sob o grande hall.

As pessoas iam e vinham pelas estradas cobertas de grandes blocos rochosos. Muitos cantarolavam hinos ultheranos ao mesmo tempo que trabalhavam, satisfeitos, e, ao cruzarem com os dois, acenavam de forma respeitosa e amigável.

— E o que tem de interessante nesse diário misterioso? — questionou o capitão.

Kurtshov, guiando o caminho dos dois pelo vilarejo, prosseguiu em sua explicação, em tom cada vez mais reservado:

— O primeiro jarl relatou sons horríveis vindos de dentro das galerias subterrâneas. O segundo registrou crianças sumindo nas redondezas. O terceiro escreveu sobre vultos de aberrações surgindo do subterrâneo à noite. Entre o quarto e o quinto os eventos diminuíram. Mas o sexto jarl de Caedhur percebeu que, o que quer que houvesse sob a cidade, voltava a ficar mais ousado. Ele decidiu construir um novo grande hall, já que a vila vinha crescendo, e aproveitou para cobrir a entrada para as ruínas com o enorme salão.

— Podemos estar colocando Caedhur em risco, Kurts! — exclamou Tomhir, tentando acompanhar o passo de Kurtshov.

— Fale baixo, homem! — repreendeu o conselheiro, zangado. Já estavam afastados da praça e seguiam por uma viela estreita de terra e blocos de pedra coberta por neve rala. — O que vou revelar agora é de extrema importância e sigilo.

— É claro, Kurts. Sabe que pode confiar em mim para tudo — soltou logo o rapaz, interessado.

Eles se aproximavam de uma das poucas construções de alvenaria da vila. Duas torres ostentando flâmulas com o brasão ultherano chamavam atenção ali. Apenas o canto dos falcões sobre elas podia ser ouvido.

— O quinto jarl alertou que Grathal Kaar entrava nas velhas ruínas e às vezes passava dias sumido lá — disse Kurtshov, em som quase inaudível.

Tomhir reagiu de forma eufórica ao saber que o primeiro feiticeiro e o maior ícone das Terras Altas frequentara aquele local misterioso.

— Uau! Grat...

E mais uma vez foi repreendido:

— Silêncio, tolo!

Em seguida, o capitão, reflexivo, questionou:

— Mas você odeia a Ordem e os Guardiões, Kurts.

Pararam em frente à grande construção de tijolos de pedra maciça intercalados com poderosas toras de madeira. Junto da grande porta de madeira bruta e dobradiças de ferro batido, dois soldados conversavam, sorridentes. Antes de se aproximarem, o conselheiro explicou:

— Os Guardiões são tolos e a Ordem é uma instituição limitada, sim. Mas Grathal Kaar descobriu muitos segredos sobre nosso mundo, além de produzir artefatos poderosos. O homem era um visionário e um artesão sem igual até os dias de hoje. O que quer que ele estivesse fazendo lá, quero ser o primeiro a descobrir.

Pela primeira vez na conversa, o tom do capitão se tornou temeroso e contido:

— Às vezes, sua ambição me assusta.

Kurtshov virou o rosto para o jovem, olhou-o e reclamou de forma repreensiva:

— Você também tem a mente deveras limitada para compreender a importância de tal achado, Tomhir.

Kurtshov acenou para o capitão fazer silêncio, e os dois seguiram em direção à grande porta, que logo foi aberta por um dos soldados corteses.

Ao entrar na antessala de um ambiente nobre, iluminado por múltiplas velas espalhadas por estantes e mesas, o jovem capitão enfim respondeu:

— Talvez eu não tenha seu conhecimento ou sua capacidade de antecipar fatos. Mas nós podemos estar colocando pessoas em risco por conta dessa expedição.

Atravessaram o recinto e abriram a porta para o outro lado. Foi quando Kurtshov apertou as sobrancelhas marcantes e anguladas e lançou seu olhar penetrante contra o rapaz.

— Podemos estar prestes a encontrar não apenas relíquias, riquezas e conhecimentos antigos armazenados nas ruínas ancestrais, como também poder capaz de mudar a forma como encaramos o mundo e como vivemos.

Tomhir, confuso, insistiu, seguindo Kurtshov pelo corredor de tijolos de pedras cercado de tocheiros e portas dos dois lados.

— Para que precisamos disso, de tanto poder, Kurts?

O conselheiro suspirou, levou a mão à testa e soltou:

— Veja, meu caro. Vou compartilhar contigo mais uma informação que existe apenas em minha mente. Não é um fato, claro, trata-se apenas de uma opinião.

O rapaz, ansioso, acenou para ele prosseguir. Kurtshov abriu a última porta do corredor.

— Acredito que teremos problemas no futuro com os tais kasporianos. O desejo deles por nossos minérios é incompatível com nosso modo de vida. A cultura sulista é fundamentada no vício por comércio, em seu fomento, na mecanização, no abandono pelo respeito à terra-mãe e na valorização dos simples prazeres. Você me toma por ambicioso, mas ainda não conheceu um kasporiano. A ganância deles vai além de nossa compreensão.

Os dois adentraram um amplo recinto, cujas paredes eram cobertas por estantes e prateleiras repletas de livros. No centro, preso por uma grossa corda, pendia um grande lustre rústico de madeira bruta, do qual a maioria das velas estavam apagadas e por isso mal iluminava o cômodo. O capitão coçou a cabeça, pensativo, e questionou de forma confusa:

— Não sei se consigo acompanhar seu raciocínio, Kurts. O que as galerias subterrâneas assombradas e frequentadas por um feiticeiro há séculos podem oferecer em tal situação?

— Suspeito que Grathal Kaar pode ter escondido algo. Algo que pode ser uma vantagem numa situação de guerra para a civilização que o encontrar — anunciou o conselheiro, em tom sombrio, ao se aproximar de uma estante e abrir o pequeno baú.

— Como sabe disso? — rebateu o capitão e observou o conselheiro retirar os velhos manuscritos do baú e devolvê-los às estantes da biblioteca.

Kurtshov acabava de esvaziar o baú e se preparava para fazer o caminho de volta quando disse:

— Você esquece que passei anos como aprendiz de Taellana, a Avalanche, na torre dos Guardiões do Norte, Tom?

Ele tinha um olhar enigmático, ao que o capitão respondeu após breve momento pensativo:

— Admiro sua preocupação em proteger a soberania de Ulther, mas a qualquer custo?

O olhar de Kurtshov se tornou penetrante quando ele apenas lançou:

— Talvez.

Virou-se e partiu em direção à saída. Tomhir o alcançou e, em seu caminho de volta, conversaram sobre a possibilidade de acessar as galerias nos próximos dias.

3

SOMBRAS DA NOITE

Uma figura misteriosa espreitava pelas ruelas de Caedhur na madrugada seguinte. Toda vestida de preto, coberta por uma longa capa e encapuzada, ela se movia de maneira furtiva entre as construções como um gato nativo. Foi certeira em seu objetivo, evitando os olhares dos vigias noturnos. Ao chegar na pequena construção anexa ao quartel, abriu a janela sem dificuldade e entrou, sorrateira. Lá encontrou um recinto diminuto, iluminado apenas pela fraca luz da pequena lareira ainda em brasa. Do outro lado, estava uma cama estreita, na qual o jovem capitão Tomhir dormia profundamente, vulnerável ao invasor. A figura misteriosa, sem perder tempo, atirou-se sobre o que dormia, cobrindo sua boca com uma mão e segurando-lhe o braço com a outra, imobilizando-o com o peso de seu corpo. Tomhir tentava resistir e lutar, mas estava rendido pelo oponente, que contava com a vantagem da surpresa e de força maior.

— Sou eu, Tom. Calma — anunciou o atacante, retirando o capuz e revelando sua identidade.

— Kurts! Para que isso? Você sabe que...

Porém, foi interrompido às pressas pelo conselheiro que, determinado, voltou a lhe tampar a boca e explicou:

— Não podemos perder um instante, homem. Prepare-se em silêncio. Nós vamos descer agora mesmo.

Tomhir, sonolento, passou a seguir as ordens a gestos lentos, ainda se recuperando do susto.

— Por que você não me avisou que iríamos hoje? Eu já estaria preparado e teria evitado sujar minhas calças com esse susto.

Kurtshov estava com tanta pressa que chegava a ajudar o capitão a se equipar enquanto respondia:

— Para você dar com a língua nos dentes para a Viúva e estragar meus planos mais uma vez?

Tomhir, quase pronto, sorriu, limpando os olhos e concordou em tom jocoso:

— Você é esperto, Kurts.

— Vamos, temos de ser rápidos e eficientes — disse o conselheiro, que espiava o lado de fora por uma pequena fresta que abriu na porta.

Tomhir aceitou com um gesto de mão ultherano e logo passou a seguir com agilidade o conselheiro.

Conheciam a vila muito bem e os hábitos dos vigias como ninguém; chegaram ao grande hall sem problemas. Não entraram pela porta principal, e sim por uma janela lateral. O salão enorme estava escuro; as mesas e os bancos, vazios; tochas e velas, apagadas, e a fornalha comprida também. Não perderam um instante ali e silenciosamente se direcionaram para trás do local de destaque, onde ficavam os tronos dos jarls. Ali acessaram uma porta menor, que os levou para o arsenal dos jarls, de onde podiam ouvir o som da conversa tranquila e amigável, intercalada de risos, entre dois homens. O som vinha da passagem para um velho depósito junto da luz dançante do fogo de velas. Tomhir virou para Kurtshov com uma expressão de desânimo e sussurrou:

— Que pena. Teremos de desistir.

Ao que o irredutível conselheiro respondeu:

— Jamais. Agora siga-me e aprenda.

Tomhir interrompeu o caminhar de Kurtshov, segurando-o pelo braço e, em tom inseguro, questionou:

— Você está certo disso? Acho melhor aguardarmos os especialistas da Viúva.

O conselheiro apertou os olhos para o capitão. Aquele olhar era capaz de congelar a essência de quem quer que fosse seu alvo. Assim, Tomhir o soltou, engoliu em seco e seguiu o homem em direção ao depósito.

— Olá, amigos. São só vocês o contingente cedido por Tarin? Eu pedi seis soldados — anunciou Kurtshov, entrando no recinto de forma natural.

Os dois se entreolharam, confusos. Estavam jogando julund'hur sobre o tampo de um barril e chegaram a derrubar as peças com o espanto. Uma delas caiu e rolou para perto de uma grande escotilha improvisada. Era a entrada para os andares inferiores. Um dos soldados perguntou, hesitante:

— Senhor conselheiro, perdão, mas do que o senhor está falando?

Kurtshov, agindo com autoridade e de forma protocolar, reclamou:

— Pelos Antigos Soberanos! Por que nunca recebo assistentes competentes? — bradou, levando a mão ao rosto e cobrindo os olhos enquanto balançava a cabeça em negação.

Tomhir, tentando ajudar, anunciou:

— Kurtshov, estes são Hortug e Kelvaj. São bons homens e soldados dedicados.

O bom capitão conhecia todo o contingente de Caedhur pessoalmente.

O conselheiro, com medo de que a inocência do capitão estragasse sua atuação, logo retomou:

— Certo. Então vamos logo. Abram o alçapão e vamos descer.

Os soldados, desconfiados, mais uma vez se entreolharam, e o soldado chamado Hortug avisou de forma temerosa. Ele não tinha coragem de encarar Kurtshov e, por isso, direcionou-se ao capitão:

— Senhores, perdão, mas jarl Tarin nos convocou para impedir qualquer um de acessar as galerias.

— Eu não sou qualquer um, seu desavisado! Agora faça como ordenei! — exclamou Kurtshov em um rompante.

E o mesmo soldado balbuciou, cabisbaixo:

— Ela mencionou o senhor em especial.

Kurtshov pausou, sorriu e explicou, agora com calma e de forma conciliadora:

— Ah, meus amigos e leais defensores de Caedhur, agora compreendo. Tudo não passa de um mal-entendido. Vou explicar-lhes. — Os dois ouviam atentos, ainda que desconfiados. — Nossa líder soberana me convocou de última hora para que acompanhasse a expedição pessoalmente... — Kurtshov fez cara de nojo e seguiu: — Tentei refutar tal tarefa, pois sou um intelectual, meu lugar é entre os livros, não sujando minhas botas em túneis fétidos. — Os soldados continuavam presos ao discurso do conselheiro. — E por que de madrugada, vocês devem estar se perguntando. Nossa sábia líder não quer alarde. Não quer a atenção dos aldeões nesse assunto delicado. Vocês sabem como o povo é. — As expressões dos soldados pareceram mudar, e ele prosseguiu com muita segurança e eloquência: — Mas, assim como vocês, sou leal a Tarin e a Caedhur, então aceitei a missão. — Ele pausou, sorridente, levou as mãos à cintura com orgulho e anunciou: — Portanto, abram a escotilha. Nós vamos descer.

O soldado chamado Kelvaj, convencido pelo discurso de Kurtshov, logo foi atender as ordens do conselheiro, contudo o outro o segurou.

— Não sei. A jarl Tarin foi muito enfática.

O conselheiro os interrompeu de forma severa:

— Bem, se vocês não têm coragem para descer como nossa escolta, não se preocupem. Eu não contarei a Tarin que eu e Tomhir fomos desprotegidos. — Ele concluiu com um sorriso e uma piscadela para o guarda desconfiado.

O soldado parou, reflexivo, enquanto o outro urgiu:

— Deixe que vão, Hortug.

Kurtshov concordou, confiante.

— Sim. Será tudo muito rápido. Eu e o capitão desceremos e subiremos antes de vocês terminarem a partida de julund'hur.

Hortug, desconfiado, pronunciou-se após breve instante:

— Não quero ser responsável por nenhum acidente com o conselheiro e com o capitão. Nós vamos atender.

Seu companheiro, Kelvaj, suspirou desanimado com a decisão do outro.

— Ótimo. Sua cooperação será mencionada quando eu entregar meu relatório a Tarin — anunciou Kurtshov, virando o rosto para Tomhir de forma que só o capitão pudesse vê-lo girar os olhos e contorcer a boca em deboche.

Os soldados voltaram os olhares para o capitão, como se buscassem sua aprovação, mas Tomhir desviou o olhar e seguiu rapidamente para a escotilha no chão. Cada um dos soldados acendeu um lampião de ferro batido que estava entre o material de escavação remanescente e então desceram pela estreita escada de madeira.

4

A DESCOBERTA E SEU CUSTO

Os quatro seguiram pela escadaria de madeira construída entre terra e rochas. A descida era um buraco, que parecia um túnel escuro cercado de blocos de pedra, vigas de madeira e muita terra. Após dezenas de degraus, atingiram a base, em silêncio e apreensivos. O cheiro naquele local era forte e o ar, quente. Ali abriram uma porta de madeira podre. Os lampiões revelaram um amplo salão de piso feito com lajotas de pedras trabalhadas e paredes cobertas por um tipo de argamassa com inscrições em baixo relevo. Nos quatro cantos, estavam estátuas de animais humanoides em posições de força, como se suportassem o peso do teto ogival sobre eles.

— Incrível! — exclamou Tomhir.

Ao que o conselheiro reagiu sem o mesmo ânimo:

— Todas as ruínas arsimérias apresentam essa mesma característica.

Os três soldados examinavam as estátuas, abismados com a magnitude e a técnica utilizada nas esculturas, enquanto o conselheiro se encaminhava para a grande porta do outro lado.

— Não sabia que você já havia estado nas ruínas dos Primeiros, Kurts — respondeu o capitão, inconformado com o tédio do conselheiro.

— Nunca estive, Tomhir. Mas já li muito a respeito — replicou Kurtshov, abrindo a grande porta e gesticulando para que um dos soldados trouxesse o lampião.

Kelvaj atendeu de pronto e assim iluminou um longo e largo corredor de teto igualmente alto. A arquitetura era a mesma da sala anterior, com tocheiros vazios nas paredes, entretanto sem estátuas de criaturas humanoides. A extensão era tamanha que não podiam ver o fim, apenas escuridão.

— Até onde nós vamos, capitão? — perguntou Hortug, incomodado.

— Eu estou no comando desta expedição e nós vamos até onde eu quiser — anunciou Kurtshov de forma tão severa que fez o homem abaixar a cabeça e pedir perdão.

O conselheiro sacou o lampião da mão do soldado e liderou o caminho sem aguardar os outros, que o seguiram, afastados.

Conforme avançavam pelo corredor, encontraram algumas aberturas nas laterais, que levavam para novos corredores ainda mais escuros, mas estes eram íngremes, sinuosos e feitos de terra e rocha nativa da região. Eram escavações, provavelmente as minas dos primeiros habitantes de Soltin. Decidiram seguir pelo caminho principal e, após momentos apreensivos pelo corredor escuro, acompanhados por sons estranhos ao longe, encontraram uma ossada antiga sobre uma enorme mancha escura no chão.

— Não é melhor voltarmos? — indagou Kelvaj, assustado.

— Você tem medo de ossos? — repreendeu Kurtshov, com seu olhar intimidador.

— Mas o que fez isso, Kurts? — questionou o capitão, receoso.

— Pelo estado desta carcaça, isso ocorreu há muitos ciclos. O predador que deixou isso aqui de certo está morto! — exclamou o conselheiro, impaciente, seguindo em frente. — Vamos. Seguiremos essas pegadas — avisou, apontando para as marcas no chão daquele mesmo tom sob a carcaça.

— Isto é sangue seco — reclamou um dos soldados.

O outro respondeu, temeroso:

— Que tipo de besta tem pés assim? Isso não são vestígios de pessoas.

O conselheiro os interrompeu de forma severa:

— Silêncio! Vamos prosseguir concentrados.

Após mais alguns instantes, atingiram uma bifurcação em T. O lado esquerdo estava soterrado e o direito dava para uma grande abertura, onde estava parte de uma porta parcialmente destruída. As pegadas sangrentas seguiam para a velha porta. Os soldados e o capitão assistiram sem reação ao conselheiro se pondo a examinar a porta sem dizer nada. Em seguida, apontou o lampião para um dos muitos espaços abertos entre as tábuas da porta e estudou o outro lado do recinto.

De repente, ele pareceu animado e eufórico, mas logo se recompôs, manteve-se em silêncio e, sem nenhuma advertência, aplicou um forte chute com a sola do pé contra a porta, que rangeu e se inclinou. Sem que os companheiros pudessem se pronunciar, ele aplicou um novo golpe e a porta se inclinou ainda mais, quase tombando. Tomhir se aproximou com intenção de ajudar, quando o conselheiro, afoito, atirou-se de lado, arrombando a porta de vez.

Após o estrondo, a poeira levou instantes para assentar e então vislumbraram uma grande câmara sem portas ou saídas; do outro lado, estava um enorme altar de pedra. Os quatro caminharam a passos lentos para dentro, hipnotizados pela visão imponente do monumento em forma circular, esculpido em homenagem a uma serpente de duas cabeças, que se entrelaçavam em si mesmas várias vezes. As pegadas seguiam até a escultura bizarra, onde deixavam de existir misteriosamente.

— Agora isso, sim, é incrível, meu caro Tom — anunciou Kurtshov, impressionado.

O jovem capitão, boquiaberto, admirava a escultura.

— Como é possível tamanha perfeição? E que tipo de besta é essa?

Kurtshov tinha um palpite, mas não queria revelá-lo na frente dos dois soldados, por isso se manteve em silêncio.

Para a surpresa do capitão e do conselheiro, que permaneciam em estado de contemplação, uma rixa violenta começou atrás deles.

— Largue, desgraçado! — bradou Hortug, enfurecido.

— Eu vi primeiro! — gritou Kelvaj, tomado por uma ira sem precedentes.

— Ela falou comigo! É minha! — respondeu Hortug, em completo frenesi.

Ao se virarem, Tomhir e Kurtshov testemunharam os dois grandes amigos combatendo um ao outro com ferocidade. Brigavam por um artefato estranho, que era empunhado por ambos. Parecia uma espécie de punhal rústico, feito de minério negro e lascado. Conforme puxavam, tentando tomar o item para si, sangue escorria das mãos dos soldados enlouquecidos.

O combate selvagem durou pouquíssimos instantes. Hortug mordeu o braço de Kelvaj, que soltou o item, contudo, ainda enlouquecido, saltou contra o outro, que o recebeu com a suposta adaga em punho, cravando-a na barriga de seu companheiro. Foi quando o capitão Tomhir reagiu, saltando para os apartar, no entanto foi interceptado por Kurtshov.

— Tom, não.

O conselheiro assistia à cena com olhos arregalados e compenetrado de forma nunca vista. O jovem capitão se debateu nos braços de Kurtshov em uma tentativa de se libertar para interromper a briga, sem entender a reação do conselheiro, nem saber por que o continha e apenas observava o combate sangrento. Naquele momento, Hortug tentava retirar o punhal das entranhas do amigo, que, por sua vez, impedia seu movimento ao manter o punhal exótico dentro de si com as duas mãos.

Tomhir percebeu que a adaga ensanguentada emitia uma aura preta e pulsante ao redor de si. Logo o altar de serpente atrás deles reagiu e passou a emitir um brilho intenso. Num piscar de olhos, aquele brilho dentro do monumento circular revelou um lugar estranho e exótico. Kelvaj enfiava a arma dentro de si como que tentando guardá-la. Hortug puxava o cabo para si com força enquanto a outra mão empurrava o rosto de Kelvaj, procurando afastá-lo.

A adaga exótica emitia um vapor escurecido ao redor dos combatentes, que não se incomodavam. O monumento de serpente brilhava com ainda mais intensidade e passou a emitir um zumbido alto e ameaçador. Kelvaj mastigava a mão de Hortug, que gritava, enfurecido.

Kurtshov e Tomhir se afastaram apressados ao passo que os dois soldados, ainda presos um no outro, foram engolidos por uma implosão mágica e sugados pelo brilho do monumento circular.

— O que foi isso?! — gritou Tomhir, abalado e com os olhos cheios de lágrimas.

— Sei que não é fácil, mas se acalme, rapaz. Vamos pensar um pouco.

Kurtshov se levantou.

— Como? Por quê? Vamos deixar este lugar maldito antes que algo ocorra conosco também! — exclamou Tomhir, em estado de choque.

Kurtshov nem sequer lhe deu ouvidos e seguiu até o altar a passos lentos, sussurrando:

— Isto é incrível.

O jovem capitão foi até ele, agarrou seu braço e gritou:

— Está louco? Você não viu os homens se matando? Eram bons amigos há um instante! Você os viu serem chupados por essa coisa? Simplesmente desapareceram!

Kurtshov livrou o braço com um simples puxão. Olhava Tomhir com os olhos apertados e expressão de estranheza. Em seguida, voltou-se para a grande escultura.

— Acredito que este é o segredo de Grathal Kaar. Ou parte dele.

Tomhir respondeu, enfurecido:

— Não importa! É maligno! É por isso que estava selado e assim deve permanecer.

Kurtshov se virou e seguiu devagar para onde os soldados tinham começado a brigar.

— Não seja tolo. Apenas foi mal manuseado. Não descarte tal artefato sem antes compreendê-lo.

Tomhir não acreditava no que seus olhos presenciavam, não acreditava na calma com que Kurtshov agia e, por fim, começava a questionar a própria sanidade.

— Foi aqui que começaram a se engalfinhar. Interessante — disse Kurtshov, apontando para um canto do recinto ao lado da porta, soterrado por pedras, entulho, tijolos e sujeira antiga.

Tomhir caminhou para perto dele, perguntando, reflexivo:

— O que era aquilo que seguravam?

Kurtshov se virou sem pressa e, com uma expressão sinistra, aproximou-se do capitão. Segurou seu queixo devagar, ainda que com firmeza, trouxe-o para perto de seu rosto, lançou sobre o rapaz seu olhar mais profundo e ameaçou:

— Você não vai contar para ninguém o que viu aqui dentro. Você compreendeu cada palavra que acabou de deixar minha boca, criança?

Tomhir, cada vez mais espantado, balançou a cabeça.

— Si... si... sim.

O jovem capitão foi pego de surpresa mais uma vez. Não esperava tal reação, mas se manteve em silêncio, enxugando as lágrimas. Na realidade, até Kurtshov teria se espantado com a própria atitude, entretanto estava concentrado demais no que acabara de presenciar.

O conselheiro acariciou estranhamente o rosto do capitão. Em seguida, arrumou os trajes e voltou a vasculhar os escombros.

Após alguns momentos angustiantes, Tomhir ainda tentava se recuperar de tudo e botar os pensamentos em ordem, quando ouviu:

— Aqui, achei! Tomhir, ajude-me.

O rapaz, ainda atordoado, seguiu devagar e, ao se agachar ao lado do conselheiro, viu parte de um esqueleto soterrado.

— Vamos mover essa rocha juntos e ver o que encontramos — orientou Kurtshov ao capitão, que, apesar de contrariado, já não queria mais passar por nenhum conflito, portanto apenas seguiu as ordens do obcecado pesquisador.

Com certo esforço, deslocaram o bloco de pedra, revelando o restante do esqueleto. Estava coberto por farrapos que um dia foram uma túnica e um longo manto, além de estar com um bornal e um cajado de madeira quebrado em várias partes. O conselheiro, afoito, sacou o bornal com rapidez e tirou dali um pequeno caderno um tanto deteriorado.

— Eu falei que tal expedição seria reveladora! — festejou o homem, esforçando-se para decifrar o que estava escrito naquelas páginas com tinta fraca e caligrafia antiga.

— Não consigo entender como pode estar animado depois de tudo isso — disse o capitão.

Kurtshov ignorou o companheiro enquanto lia o manuscrito com os olhos arregalados e atentos. O texto trazia a seguinte mensagem:

Grathal Kaar é um simplório arrogante. Escolher ignorar esta dádiva é o maior erro que cometeu. Não farei o mesmo. Se ele não quer o poder ofertado pela garra, eu o aceitarei. Sua falta de ambição será minha ascensão. Adeus, seguidores cegos de um ignorante. Eu revogo meus votos.

— Sabe quem foi esse? — questionou Tomhir, dando indícios de que começava a se recuperar do recente trauma.

— Não sei quem era. Mas acho que gosto dele ou dela — respondeu o conselheiro, esboçando um riso sutil.

Kurtshov supôs, pelo cajado, pelo resto das vestes e pela carta, que aquele fora um dos primeiros Guardiões do Norte, um dos primeiros séquitos de Grathal Kaar junto de Latyria, porém um cujo nome, por ter se rebelado, não tinha entrado para a história. Kurtshov ficava cada vez mais decidido e motivado a investigar tudo até o fim.

Tomhir, ainda pensativo, soltou:

— Outra coisa que não entendo é como a Viúva autorizou tal expedição sabendo dos riscos ocultos aqui.

Kurtshov, levantando-se e guardando todos os manuscritos dentro de sua túnica, respondeu ao jovem capitão:

— Ela não conhecia as ameaças registradas pelos antigos jarls.

Tomhir, espantado com a revelação, questionou:

— Como não? Então você ocultou os documentos!

Kurtshov analisava cada canto da câmara minuciosamente.

— Veja, Tom. Até eu me tornar conselheiro, os documentos estavam disponíveis na biblioteca, sempre estiveram. Por três séculos estiveram lá.

Tomhir acompanhava o conselheiro em sua procura por mais coisas de interesse:

— E por que ela não os leu?

Kurtshov parecia estar satisfeito com a busca ali e dava indícios de estar pronto para voltar.

— Por incompetência. Mas isso não é culpa exclusiva dela. Veja, rapaz, os jarls ultheranos vêm se tornando mais acomodados e prepotentes a cada ciclo. Nem Jovark nem Tarin tiveram o mínimo de responsabilidade em estudar os registros dos jarls antigos. Na verdade, nem seus pais ou avós o fizeram. Essas histórias estão perdidas há gerações. Não é culpa minha. — O capitão seguia os passos lentos do conselheiro. — E digo mais, meu caro. O primogênito de Tarin e Jovark será tão cego e incompetente quanto os outros quando se tornar jarl de Caedhur.

Tomhir acompanhou Kurtshov para a porta. A ideia de irem embora dali parecia acalmar o capitão.

— E como você convenceu Tarin a interditar o grande hall para escavar e retirar tanta terra?

O conselheiro esboçou um sorriso malicioso.

— Bem, eu tive que fazer uma troca.

O rapaz, inquisitivo, lançou:

— O que deu a ela?

Kurtshov virou os olhos em repúdio à inocência do companheiro e sanou sua curiosidade:

— Faz anos que Jovark está na presença dos Antigos. Tarin tem suas necessidades. E são intensas — concluiu, rindo.

O capitão, enojado, repreendeu-o:

— Você não tem limites, Kurts.

O conselheiro, ainda rindo, provocou:

— Exato! Não gosto de me sentir preso.

Ao que o companheiro comentou em tom de lamento:

— Às vezes, pergunto-me como a mulher mais gentil e bondosa de Caedhur foi se casar com alguém como você.

Kurtshov não se deixava calar e concluiu com irreverência descabida para o momento:

— Você sabe que sou irresistível.

Ambos fizeram o caminho de volta. Enquanto isso, Kurtshov instruía o capitão sobre como procederiam na manhã seguinte e sobre como o conselheiro resolveria o assunto sozinho com a jarl. Insistiu para o jovem capitão permanecer isolado e em silêncio até então. Eles jamais assumiriam ter descido ou saber do destino dos guardas que sumiram.

Tomhir não gostava nada do plano de Kurtshov, porém sua lealdade e dedicação para com o conselheiro o levava a aceitar tudo, inclusive aquele plano. Ao se esgueirarem para fora do grande hall, cada um seguiu para sua residência, sorrateiros.

Kurtshov estava ansioso para retornar ao monumento exótico o mais rápido possível. Antes, porém, precisaria encontrar um bruxo, alguém que fosse capaz de ativar a escultura mágica outra vez, mas a seu favor.

GfC
SCOPEL

5

CONFRONTOS E REENCONTROS

À alvorada, um soldado usando o tabardo de Caedhur e o tradicional elmo em bronze bateu à porta de madeira rústica da residência do conselheiro. A porta logo foi aberta por um homem de pele amarelada, olhos angulados apertados, rosto coberto por rugas, calvo e de sobrancelhas grossas e apertadas sobre um olhar hostil. Ele apenas grunhiu de forma rabugenta. O soldado hesitou frente à figura estranha que o recebeu. Os ultheranos não estavam acostumados com forasteiros, principalmente jastarianos e ainda mais um tão mal-encarado.

— Jarl Tarin solicita a presença do conselheiro Kurtshov no grande hall em imediato.

O conselheiro surgiu sem deixar o capataz jastariano responder e já estava pronto, anunciando:

— Sim. Eu vou logo. Obrigado.

E deixou ambos para trás a passos largos em direção à maior edificação de Caedhur.

Kurtshov não esperara que Tarin tivesse descoberto tão cedo. Ele havia planejado procurá-la no horário em que ela costumava acordar.

As ruelas estavam pouco movimentadas naquele horário. Algumas pessoas passavam com gado, barris, sacos de grãos ou ferramentas, mas as principais companhias do conselheiro naquele momento eram a neve fina, que ele recebia com prazer, e o som do cantar dos galos, que atrapalhava seu raciocínio. Seus pensamentos e previsões sobre o assunto eram ruins. O fato de Tarin tê-lo chamado tão cedo indicava que ela tinha conhecimento do sumiço dos guardas, talvez acesso à informação. Teria alguém os visto de madrugada? Quem sabe Tomhir já houvesse sido interrogado. Kurtshov começava a questionar suas decisões e a repreender a si mesmo com severidade. Havia sido descuidado. Ele então apertou ainda mais o passo em direção ao seu destino.

Ao chegar no grande hall, logo se deparou com a governante de Caedhur sentada em um dos tronos à frente de uma grande flâmula com o brasão ultherano. Tarin estava acompanhada da senhora Lavael e do velho Dorthull, os dois conselheiros que Tarin nunca requisitava. Kurtshov olhou para os dois com desprezo ao se aproximar. Ele sentia constrangimento ao pensar que ocupava o mesmo posto de pessoas de baixo intelecto e pouca perspicácia.

— Senhor Kurtshov, agradeço a agilidade. Temos assuntos para resolver — anunciou Tarin, de forma altiva.

O conselheiro projetou contra os dois um olhar frio e penetrante como uma nevasca concentrada, intimidando-os a ponto de baixarem a cabeça, e exclamou de forma natural:

— Bom dia a todos. Pelo horário em que fui requisitado, pensei que seria um assunto importante e urgente. Mas ao encontrar Lavael e Dorthull aqui, penso que não deve ser nada de mais. Vamos planejar um festival? Já sei! Uma grande competição para as crianças — concluiu ele, com deboche velado pelo tom e expressão sérios.

Lavael suspirou, inconformada com a afronta, e Dorthull ruborizou, enfurecido.

A jarl Tarin, demonstrando revolta com a zombaria do principal conselheiro, levantou-se e interrogou de maneira imperativa:

— Você quer me contar algo?

Kurtshov entendeu, pela pergunta e pelo tom, que ela de fato tinha informação. Mas quanta? Ele não podia cair em armadilhas, ser pego mentindo ou nada que corrompesse ou manchasse sua imagem com Tarin. Ou ainda o colocasse em humilhação frente aos dois patetas.

Kurtshov, sem tempo para refletir, lançou:

— Existem assuntos que venho estudando e gostaria de levar a seu conhecimento, sim. Mas não posso ser leviano, portanto preciso de mais tempo de pesquisa antes de os revelar.

Tarin respirou fundo, demonstrando pouca paciência, e insistiu:

— Como quais assuntos, Kurtshov? Você sabe o que quero saber.

Kurtshov respondeu de maneira obediente e sincera:

— Como a ameaça kasporiana, jarl Tarin. Ainda não consegui todas as provas, mas acredito que é uma questão de tempo até que meus espiões e batedores...

Lavael e Dorthull riram em chacota enquanto a soberana o interrompeu:

— Kurtshov, estou lhe dando a oportunidade de ser honesto e admitir o que fez.

Ao que Lavael emendou:

— Não nos obrigue a interrogar sua vasta gama de amantes.

— Ou um amante específico — adicionou Dorthull, com olhar malicioso.

O conselheiro levou rapidamente a mão ao rosto, cobrindo os olhos; o polegar e indicador pressionaram tanto a testa que chegaram a marcá-la. Em seguida, recompôs-se, ignorou as provocações e ameaças dos conselheiros, encarou a jarl e discursou com o peito estufado de forma imponente:

— Pois prefiro que me acuse, Tarin. Tudo o que faço é pelo bem de Caedhur e de seu povo. Pela soberania ultherana, mas principalmente com objetivo de servi-la em sua visão de trazer glória ao seu nome e a Caedhur. Sei que algumas vezes meus métodos são extremos e notórios, contudo os fins são sempre virtuosos e honoráveis.

Lavael e Dorthull cochichavam com desdém enquanto Tarin se sentava, atirando o corpo sobre o trono e bradando desanimada:

— Chega! Não tenho tempo ou paciência para jogos. Tragam Tomhir.

Seu chamado foi atendido após um breve momento de silêncio. O jovem capitão surgiu da sala de trás. Logo que o viu, Tomhir baixou a cabeça, evitando o olhar congelante do conselheiro.

Kurtshov sabia o que aquilo significava, no entanto não demonstrou nada e manteve sua expressão inabalável conforme calculava o resultado daquilo tudo em sua mente. E para sua sorte, ou azar, surgiu uma variável com a qual ele não contava. A porta se abriu atrás deles e a reunião foi interrompida ao que o grande hall era invadido por quatro figuras diferentes e exóticas, sendo que três, heroicas, abriam caminho de forma triunfal, seguidas pela quarta, mais inibida.

Kurtshov se virou, rápido, e suspirou em completo desânimo.

— Bah, esse dia fica cada vez pior.

— Amigos! Sejam bem-vindos! Não poderiam ter chegado em melhor momento! — exclamou Jarl Tarin, animada, em tom oposto ao do conselheiro.

Então eles assistiram aos quatro se aproximarem. O líder do grupo tomou a dianteira. Era um homem ultherano de traços nortenhos, trajando uma longa capa escura sobre os ombros e as costas, e vestido com um longo e volumoso robe azulado sob uma túnica de comprimento médio e sem mangas, tudo preso por uma corda enrolada várias vezes na cintura. Usava botas de couro revestidas com pele de lobo e braceletes de couro, que apareciam sob as longas mangas do robe. Os cabelos médios pareciam cobertos por uma fina camada de gelo, assim como a barba. O som de seu cajado contra o chão roubou a atenção. Era um bordão médio, quase uma bengala, denso, de baraúna, revestido por filetes rochosos incrustados terminando na ponta, onde ostentava uma safira bruta reluzente e pontiaguda como uma estalagmite translúcida. Parecia uma peça naturalmente indestrutível.

Os olhares do grupo então se voltaram para a baforada de fumaça gelada que deixou sua boca. Na mão esquerda, tinha um longo cachimbo aceso. Em seguida, a atenção de todos se voltou para os olhos brilhantes que projetavam uma luz ciano, entregando seu ofício como feiticeiro e Guardião do Norte. Por fim, sobre a gola de sua túnica, podia ser visto o brilho intenso de uma gema presa em seu colar como um pingente.

A expressão séria daquele homem imponente logo se tornou amigável ao anunciar em voz alta:

— Vejo rostos familiares aqui. Que dia feliz!

O Guardião do Norte se aproximou de Kurtshov com um olhar afetuoso e saudoso. Lavael e Dorthull voltaram a cochichar. Dessa vez, observavam a semelhança assustadora entre os dois homens que se encaravam, um feliz e o outro em completo desânimo. O feiticeiro abriu os braços e exclamou:

— Kurtshov! Os invernos têm sido gentis com você!

O conselheiro ficou encabulado por um brevíssimo instante, porém logo argumentou, sem se mover:

— Krohagen. Vejo que não abandonou esse hábito nojento — disse, apontando com os olhos apertados para o cachimbo em sua mão.

— Chega de formalidades! Dê um abraço em seu irmão! Tenho saudades — anunciou o Guardião do Norte, ainda de braços abertos.

A expressão de Kurtshov mudou para aversão quando foi envolvido pelos braços do afetuoso irmão. Uma pequena gota cristalizada rolou dos olhos de Krohagen, que havia muito não encontrava o querido irmão mais velho. Kurtshov se rendeu e esboçou um sorriso seguido de dois ternos tapas nas costas de Krohagen. Enfim se separaram e o mais novo anunciou em tom jocoso:

— Acredito que temos uma partida de julund'hur em aberto, não?

— Se você insiste em passar vergonha, podemos retomá-la — respondeu o conselheiro de maneira orgulhosa.

Ambos sorriram por um instante.

Kurtshov logo montou o semblante sério e postura impecável enquanto o Guardião seguiu em direção à governante.

— Jarl Tarin! É uma honra conhecê-la pessoalmente e poder atender a seu chamado.

Ele então se curvou ao passo que ela respondeu, demonstrando contentamento:

— Sempre é uma grande satisfação receber um Guardião do Norte em Caedhur. Agora, diga-me, onde estão os outros Guardiões?

— Outros? Um é o máximo que posso suportar — retrucou Kurtshov.

O feiticeiro se levantou.

— Perdão, senhora, mas sou tudo o que a Ordem pode providenciar no momento. Taellana está em reunião de extrema importância com o Sindicato Arcano nas Terras Baixas, e o restante, em missão nas Praias Cinzentas.

A feição do conselheiro mais uma vez mudou, agora para uma de desconfiança ao ouvir sobre o Sindicato Arcano.

De repente, foram interrompidos pelos passos pesados da montanha nordestina que se aproximava chacoalhando as diversas camadas de armadura rústica e pesada. O veterano de cabelos longos e ruivos passou por Kurtshov, encarando-o sem se intimidar. Trazia um enorme machado de duas mãos nas costas, um martelo e um machado de guerra no cinturão reforçado e só freou sua marcha ao lado de Krohagen frente à jarl.

— Vejo que meus especialistas vieram muito bem escoltados — comentou Tarin, demonstrando satisfação em ver o velho guerreiro.

— É um prazer revê-la, Tarin. Servi a Bafo Gelado e a Fareheimn até aqui, mas o clã Urso Fiel está à sua disposição através de mim — anunciou o homenzarrão, com seu vozeirão grave e profundo, enquanto se curvava.

— Querido Valikhur, você sempre foi um dedicado amigo de Jovark. Agradeço por prestar a mim a mesma lealdade — respondeu ela, com afeto.

Ele se levantou como um gigante bradando:

— Eu e seu marido nos tornamos irmãos no campo de batalha. Abençoados com sangue e ferro! Desde nosso primeiro combate contra os bárbaros ocidentais. Agora honrarei sua memória junto dos Antigos selando minha lealdade para contigo, jarl Tarin.

Tarin sorriu, emocionada, enquanto Kurtshov se aproximou.

— Ah, a bajulação. Que intenção se esconde por trás de tanto floreio?

O imenso e velho guerreiro nordestino encarou o conselheiro.

— Você ainda detém o título de maior duelista de Caedhur, conselheiro? Pois posso tomá-lo se estiver pesando em sua consciência.

Ele então riu com sarcasmo e Kurtshov, sem demonstrar ofensa ou incômodo, respondeu ao grandalhão:

— Sabe, Urso, eu poderia equipar cinco soldados com a quantidade absurda de couro e ferro nesse seu cinto ridículo — disse, referindo-se ao cinturão de guerra ultherano comumente usado pelos clãs das Praias Cinzentas.

— Ora, Urso Fiel, do que você fala? — intercedeu Krohagen, curioso.

— Ouvi de um mercenário em Sjonehir que seu irmão venceu o último duelo de forma desleal — explicou, sorridente, o veterano.

Krohagen apertou os olhos e se voltou boquiaberto para o irmão.

— Mentiras de um mau perdedor. Um que não aceitou ser derrotado por um homem que passa mais tempo dedicado aos livros do que à prática da espada.

O Guardião do Norte parecia satisfeito com o argumento do irmão. Urso Fiel riu em deboche.

Por fim, a zombaria foi interrompida pelas duas mulheres que se aproximaram juntas. A mais velha, destemida, em posição heroica, enquanto a mais nova seguia envergonhada e cabisbaixa. A primeira bradou ao se aproximar:

— Eu vim para trabalhar, não para ouvir homens inseguros medirem suas virilidades com insultos.

Todos se voltaram para a mulher nortenha que chamava a atenção para si sem medo ou vergonha. Usava armadura de couro leve e capa grossa com capuz. Nas costas, trazia um arco longo e duas aljavas. Na cintura, tinha um machado de mão e um punhal.

— Jehalli Farenheimn, querida, seja bem-vinda! E obrigada pela interrupção oportuna — sorriu Tarin e recepcionou a amiga.

Kurtshov se pronunciou mais uma vez, inconformado com as presenças ali:

— Para que precisamos de uma mateira? Vamos apenas averiguar velhas ruínas vazias, nada mais.

Ela, porém, em tom imponente, repreendeu-o:

— Sou a melhor desbravadora em toda Soltin, não há nada que eu não possa rastrear. Nem mesmo seu amargor e cinismo, conselheiro — concluiu, séria e aborrecida.

— Kurtshov, Jehalli é uma grande conhecedora das ruínas dos Primeiros, por isso solicitei sua presença — conciliou jarl Tarin.

— Não precisamos de especialistas. Eu entendo tudo o que há para saber sobre o assunto — refutou o conselheiro.

— Ah, é? Em quantas já esteve? — intimou Farenheimn, orgulhosa, cruzando os braços.

Kurtshov estava pronto para responder que havia descido na madrugada e, portanto, já tinha estado em uma, quando se lembrou da situação com Tarin e os guardas sumidos. Então reformulou sua resposta em instantes:

— Eu leio e estudo tudo o que preciso saber, caçadora. Não preciso sofrer ou repetir os erros dos inexperientes. Aprendo com as façanhas dos Anteriores. — Ele concluiu sua frase com orgulho. Ela riu, reprovando seus argumentos. No entanto, Kurtshov realmente ficou abalado ao que conseguiu enxergar a garota que se escondia atrás da brava exploradora nortenha. — Não acredito! Vocês estão devolvendo esta aberração?! — exclamou com repúdio.

Jehalli Farenheimn deu um passo em sua direção com ódio no olhar e avisou:

— Cuidado com o que diz ou serei eu quem vai tirar seu título, conselheiro. E vou tirar muito mais do que isso, está me entendendo?

— A única coisa que pode tirar de mim é minha paciência, Farenheimn — retrucou Kurtshov, sem deixar barato.

As atenções do grupo se voltaram para a menina ainda mais encabulada atrás da batedora.

Suas características físicas provocavam estranheza nos presentes, uma vez que não era nada comum encontrar mestiços nas

Terras Altas. Tratava-se de uma jovem loira, cujos cabelos eram quase tão claros quanto a pele de Kurtshov. Sua pele, por outro lado, era escura, bronzeada como os elmos dos guardas. Tinha grandes olhos verdes, sobrancelhas densas e cílios claros como os cabelos, estatura baixa, mas esbelta, e lábios grossos sob um nariz arrebitado. Escondia seu corpo sob uma túnica de couro por cima da qual trazia ainda um longo robe de tecido pesado. Cobria-se com manto e capuz, trazendo uma adaga no cinto e um arco curto com uma pequena aljava nas costas.

— Não se preocupe. Sua sobrinha não está aqui por sua causa — avisou Jehalli, enojada com o insulto do conselheiro.

— Ela não é minha sobrinha — rebateu ele, inconformado. — É uma bastarda! Filha de um desgarrado. Tem o sangue corrompido.

O Guardião do Norte intercedeu antes que Jehalli perdesse a paciência.

— Navath é filha da irmã de sua esposa, Kurts. Sim, é sua sobrinha. Mas não se preocupe, ela é minha responsabilidade agora.

— Mas nós a entregamos aos cuidados dos Farenheimn para trabalhar em seu assentamento de suicidas no extremo oeste — insistiu Kurtshov, ainda desconfiado.

— A garota despertou, Kurts. Está comigo e sob a responsabilidade da Ordem desde que nos encontramos para vir até aqui — avisou Krohagen, em voz baixa e em tom misterioso.

A expressão de Kurtshov se fechou ao ouvir o termo "despertar", e o silêncio pela primeira vez tomou o lugar de seu discurso eloquente e voz de tom agradável.

Jehalli tomou a palavra, demonstrando impaciência e se dirigindo à jarl:

— Senhora, perdoe-me pela sinceridade, mas tenho pressa em retornar para o oeste junto de minha família.

Jarl Tarin atendeu a amiga.

— É claro, Jehalli. Eu compreendo. Vamos começar logo com isso — disse, acenando para o jovem capitão se aproximar. — Tomhir, conte aos nossos convidados tudo o que me contou mais cedo.

Kurtshov sabia que, apesar de contar com a lealdade e devoção de Tomhir, o homem era incapaz de mentir e assim teve certeza, conforme o capitão revelou, envergonhado, toda a empreitada deles na madrugada do mesmo dia. Explicou sobre Kurtshov ter convencido os guardas a não apenas permitir a passagem, como também a descer com eles, sobre os corredores escuros e assustadores, a carcaça antiga, as pegadas estranhas, a grande câmara onde encontraram restos mortais, o monumento exótico e como lá algo misterioso ocorreu, sugando os soldados pela escultura bizarra de forma mágica e inexplicável.

O que atraiu a atenção do conselheiro foi o fato de Tomhir ter omitido a adaga rústica ou garra escura pela qual os guardas brigavam. Kurtshov se questionava se o capitão havia feito de propósito ou se tratava apenas de um deslize. Enfim, aquela era uma circunstância que muito lhe agradava, uma vez que ele ainda não desistira de perseguir o segredo de Grathal Kaar e o artefato poderoso que o Guardião do Norte rebelde mencionava em seu diário.

Todos acompanharam com muita atenção o conto do rapaz, principalmente Krohagen, que demonstrou grande interesse no efeito mágico produzido pelo monumento estranho.

O estado de introspecção de Kurtshov foi interrompido pela represália da soberana:

— E agora, conselheiro Kurtshov, eu tenho a dura tarefa de informar às famílias dos dois guardas sobre seus fins trágicos.

— Recomendo aguardar, minha senhora. Após averiguarmos o altar mais uma vez, acredito que poderemos ser capazes de rastreá-los e trazê-los de volta — argumentou o astuto conselheiro.

— Não se apresse, conselheiro. Estou decidida a interromper a expedição por falta de segurança. Agora me diga, existe algo que você possa acrescentar ao relato do capitão? — respondeu jarl Tarin, contrariada.

Kurtshov se lembrou do diário encontrado junto da ossada e anunciou, sem titubear:

— Não. O que ele diz é a verdade.

Jehalli aproveitou a deixa da líder para se pronunciar:

— Se a expedição está cancelada, meu dever aqui se encerra. Deixo Navath com Krohagen, como prometido, e volto para o oeste imediatamente.

— A feitiçaria comentada pelo rapaz parece obra de desgarrados. Não devemos nos meter com esse tipo de coisa. Nada de bom vem disso. Meu voto é por esquecer o assunto — pronunciou-se Valikhur em seguida.

O anúncio de Valikhur e de Jehalli desencadeou um silêncio reflexivo nos membros daquela reunião.

O primeiro pensamento a surgir na mente de Kurtshov foi o de vitória, por se livrar dos intrusos, porém ele logo se lembrou de que precisaria de um feiticeiro ou bruxo, alguém capaz de manipular energia, se quisesse acessar o monumento e reproduzir o efeito mágico. Então foi forçado a apelar.

— Irmão, você já leu os registros de sua Ordem sobre Grathal Kaar ter estado aqui em suas muitas peregrinações há mais de dois séculos, não é?

O Guardião do Norte estava preso em pensamentos ao passo que seus olhos projetavam luz mágica contra a fumaça gélida que deixava sua boca após uma pitada no cachimbo. Mas quem se pronunciou foi Tarin, demonstrando surpresa:

— Você nunca mencionou Grathal Kaar para mim, Kurtshov. O que mais está escondendo?

— Nunca o mencionei para não a incomodar com questões de menor interesse, permitindo que se concentrasse nos mais importantes. A senhora nunca demonstrou atração pelos assuntos ocultos e místicos de nosso mundo, sempre foi uma exímia entendedora da diplomacia e da administração econômica. Portanto, eu a deixo livre para pensar em tais demandas enquanto assumo para mim as que são subjetivas e menos relevantes — explicou-se o astuto homem para a líder.

Ela suspirou com a resposta do conselheiro, no entanto permaneceu séria e reflexiva ao mesmo tempo que os dois conselheiros o repudiavam com expressões negativas e bufadas altas.

— Então, irmão, o que me diz? — insistiu Kurtshov, voltando-se para o Guardião ainda perdido em pensamentos. Todos aguardavam seu parecer, mas o feiticeiro permaneceu concentrado e introspectivo. Após um longo momento sem resposta, Kurtshov insistiu: — Irmão!

— Sim. Claro, quando começamos a investigação das ruínas? — respondeu, engasgando-se com a fumaça, embora entusiasmado.

Kurtshov conhecia a curiosidade do irmão mais novo por assuntos arcanos e pelo ídolo Grathal Kaar.

— Preciso apenas me preparar e desceremos. Tomhir nos acompanhará, e vocês estão dispensados — disse, apontando para Valikhur, Navath e Jehalli.

Jarl Tarin, no entanto, ainda descontente, anunciou imperativa:

— Não haverá expedição até que me dê um bom motivo para colocar suas vidas em jogo. Não apenas as suas, como também as vidas das pessoas de Caedhur. Sabe-se lá o que vão encontrar ou despertar lá embaixo.

— Encontraremos conhecimento esquecido e poder capaz de avançar nossa civilização. As relíquias perdidas de Grathal Kaar! — respondeu Kurtshov, virando-se para Krohagen.

Krohagen encarava o irmão, sugado por seu discurso, quando a jarl exclamou:

— Não estou convencida de que este não é apenas mais um de seus projetos pessoais, Kurtshov. Não estou disposta a arriscar a vida de meu povo por sua curiosidade, ambição e vaidade.

Kurtshov deu um passo na direção de Tarin e lançou sobre ela um olhar expressivo, sincero, mas pesado de se encarar por muito tempo, e começou:

— Está certo, senhora. Vou ser o mais honesto que posso, mesmo que custe minha reputação. — Ela acenou para que continuasse ao passo que os outros ouviam com mais atenção. — Acredito que estamos em risco de uma grande invasão pelo reino kasporiano. E o segredo oculto nestas galerias pode ser nossa defesa contra a ameaça que vem do sul.

— Isso não existe. Você está neurótico — refutou Jehalli, incrédula.

— Você, que se diz exploradora, deveria saber. Mas vive viciada em defender um posto avançado das tribos a oeste, em vez de prestar atenção no que acontece em nossas terras, em nosso mundo — argumentou o conselheiro.

— Irmão, os kasporianos são nossos amigos e aliados. Não existe ameaça — interveio o feiticeiro em tom brando.

— Espero que você esteja certo, mas infelizmente temo que minhas previsões se provem legítimas — respondeu Kurtshov, tentando mostrar verdadeira modéstia.

— Taellana está em Kaspor neste momento em conversa pacífica com os elementalistas — insistiu Krohagen.

— Ingenuidade. Eles querem roubar conhecimento, informação e descobrir nossas fraquezas — rebateu o conselheiro.

— São apenas suposições e receios, Kurts. É pouco para justificar uma medida extrema — pronunciou-se jarl Tarin, confusa.

O conselheiro, em um rompante, bradou:

— Suposições? Eles têm recursos ilimitados! Esvaziam os minérios de nossas minas por preços ridículos e os transformam em armas que usarão contra nós mesmos! Sem falar no mar de cavalos procriando sem parar em Jastar, tudo patrocinado pelo ouro dos nobres kasporianos. Para que precisam de tantos cavalos, se não para abastecer a tal Cavalaria Escarlate? Além dos Mercenários Meridionais, fiéis aos cofres dos Larsbrahn, e as centenas ou milhares de dromons espalhados pelas baías do Mar das Pontas Negras, sem justificativa alguma. Isso sem falar do tal Sindicato Arcano, com suas máquinas elementais. Agora pergunte a Esher Larsbrahn o que ele pretende fazer com isso tudo.

Todos permaneceram em silêncio, refletindo sobre as palavras pesadas do conselheiro. Jarl Tarin não queria aceitar que seu governo poderia ser marcado pela guerra e disse, tentando contra-argumentar:

— Nada disso significa guerra.

— Apenas a guerra significa guerra — soltou Kurtshov, cansado e em tom contido. — E quando chegar, será tarde demais. Eu apresentei indícios de sua proximidade. E são claros, só os cegos não veem.

— Vou precisar de provas para permitir que vocês desçam, Kurtshov. Não posso tomar tal decisão baseada apenas nisso — avisou jarl Tarin, ainda indecisa.

O homem dava sinais de cansaço por tanto falar e raciocinar, construindo seus argumentos, e assim respondeu:

— Você quer ser lembrada como a jarl que garantiu a soberania ultherana e foi responsável pela maior descoberta de sua

Era? Ou quer ser lembrada como a jarl que cobriu um buraco no chão? Os líderes ultheranos são preguiçosos e despreparados demais para ver que o sul se prepara para invadir. Principalmente os Andragdas, engordando e se embriagando em seus grandes halls com o ouro cunhado com o brasão kasporiano.

O discurso de Kurtshov transformou o grande hall de Caedhur numa tumba de reflexões sobre argumentos irrefutáveis, contudo ao mesmo tempo extremos.

Tarin quebrou o silêncio inconveniente e prosseguiu, insegura:

— Você está forçando tais argumentos para embasar sua vontade, Kurts.

E ele, no mesmo tom reduzido, prosseguiu:

— Estou sendo o mais sincero que posso. Sei que poucos admitem meus argumentos e corro riscos em expressar essas opiniões. Mas dizer a verdade em prol de Caedhur e de Ulther é minha função como seu conselheiro, e assim o farei até que me dispense ou até o fim de meu ciclo.

Os olhares de todos no recinto se voltaram para Tarin. A jarl estava confusa e igualmente cansada pela discussão. Após breve reflexão, anunciou de forma imponente:

— Deixem-me. Preciso pensar. Amanhã, neste mesmo horário, estejam aqui preparados para descer os túneis ou para retornarem às suas casas. Meu veredito será dado então.

6

REVELAÇÕES

Todos se curvaram diante da soberana e se prepararam para deixar o grande hall. Tomhir passou com velocidade por Kurtshov, sem olhar em seu rosto. O conselheiro, no entanto, apressou-se a alcançar o jovem e sussurrou:

— Você me deve explicações, garoto.

— Não fui capaz. Não consegui mentir. Eles me pressionaram — suplicou o pobre capitão, em voz baixa.

— Depois, seu tolo! — interrompeu o conselheiro.

O jovem engoliu em seco e partiu sozinho para fora. Kurtshov, inconformado, cobriu o rosto com a mão. Tomhir seguiu em direção à praça, onde o povo de Caedhur já se reunia em suas relações de comércio e escambo. Junto do jovem capitão, seguiram Lavael e Dorthull que, ao se distanciarem, passaram a cochichar. O restante do grupo caminhou junto. Krohagen era cumprimentado pelo povo, os adultos de forma animada e rodeado pelas crianças entusiasmadas com a presença de um feiticeiro na vila. O Guardião do Norte ficava igualmente feliz com a alegria do vilarejo e o carinho das pessoas. Seu irmão, por outro lado, parecia desprezar o apreço demonstrado pelo povo ao irmão.

No meio do caminho, Valikhur avisou que ficaria na taverna. Jehalli decidiu fazer o mesmo e convidou Krohagen e Navath para os acompanhar. Kurtshov interveio e avisou:

— Meu irmão jamais se hospedará numa espelunca. Será meu hóspede em minha casa.

O feiticeiro, demonstrando satisfação e constrangimento, levou a mão ao ombro da garota Navath.

— Será uma honra ficar em sua casa, irmão.

Krohagen insinuava para o irmão sobre sua aprendiz. Após certo momento desconfortável de vacilo, Kurtshov suspirou e disse:

— Ah, sim. A bastarda é sua protegida agora. Se quiser, tenho certeza de que Halgeria ficará feliz em recebê-la também.

Assim estendeu o convite à jovem Navath. A garota, insegura e envergonhada, procurou aprovação no olhar do novo tutor, que logo a incentivou de forma carinhosa:

— Sim, ficaremos juntos, e você poderá conhecer seus primos.

Ela voltou o olhar ao tio, mas não foi capaz de encará-lo por mais do que um instante.

— Está bem. Ficarei com vocês.

Sua voz era tão baixa, que Kurtshov mal compreendeu o que ela disse. No entanto, entendendo pelo contexto, aceitou com a boca torta e uma bufada.

Antes de se separarem, Jehalli alertou Krohagen que Navath era uma jovem muito inocente e pura. Orientou-o que cuidasse bem dela, apontando com o olhar para Kurtshov. Assim o grupo enfim se dividiu, despedindo-se até o esperado momento da decisão de Tarin.

Kurtshov liderou o caminho até sua residência, onde foram recepcionados de forma silenciosa e desconfiada pelo feitor jastariano mal-encarado que saía da casa naquele momento para executar tarefas pela vila. Em seguida, surgiu a alegre Halgeria, esposa de Kurtshov, com uma criança de colo, seguida por duas de pé e uma menor, engatinhando. O pequeno em seu colo não parava de choramingar.

— Pelos Antigos, Krohagen! Que surpresa maravilhosa! Nós sentimos saudades suas — exclamou Halgeria, animada e contente. A recepção carinhosa foi interrompida assim que ela enxergou a garota acanhada entrando por último. A matriarca se lançou sobre a menina aos prantos. — Navath! Perdão! Sinto muito sua falta! Sinto muito por você ter sido levada!

Quando se separaram e começaram a conversar, o olhar da garota gradativamente desceu do rosto da tia até sua barriga e ali se perdeu, assim como sua atenção na conversa. Navath ficou como que submersa e não interagiu mais com os outros durante longos instantes. De repente, a voz imponente do tio a despertou de seu transe.

— Acorde, bastarda! Está sob efeito de alguma erva estragada ou feitiço desgarrado?

— Ora, marido, não seja duro com a menina! Viajou de longe, deve estar cansada. Venha, vou preparar um banho e depois a alimentar — protegeu-a a tia.

Krohagen acompanhou desconfiado a situação enquanto Kurtshov não escondia sua estranheza.

O reencontro de Navath com Halgeria foi carregado de emoção e também muito comovente. As duas não se viam havia anos, e os quatro filhos do casal acompanhavam a situação muito interessados. Pareciam atraídos pela prima. Porém, em determinados momentos, Navath parecia distraída junto da companhia da tia, alheia àquela realidade, com o olhar perdido em Halgeria, como se examinando seu interior, sua essência. Após alguns instantes, despertava eufórica e, por fim, continha-se, voltando ao comportamento normal. A tia estranhava a atitude da sobrinha, mas não dava importância e se esforçava para agradar a menina.

Navath seguiu para o quarto com Halgeria, que estava ansiosa para conversar mais. A garota logo passou a brincar com os dois primos mais velhos, que deveriam ter entre cinco e sete invernos. Mais tarde, ajudou a tia nas tarefas domésticas com afinco e auxiliou a ninar o pequeno. A criança relaxou e dormiu no colo de Navath de imediato, diferente de como vinha se comportando no colo da própria mãe, surpreendendo Halgeria. Nesse ínterim, Kurtshov apresentou a Krohagen seus aposentos e aconselhou o irmão a dormir e a descansar da longa viagem. O Guardião do Norte lembrou que não necessitava de muito sono, estava energizado e, portanto, seguiram para a saleta de estudos do conselheiro para conversar.

Ao fim do dia, o capataz oriental retornou com o fruto de seus afazeres. Navath logo se dispôs a ajudá-lo, no entanto foi friamente descartada pelo homem estranho. Halgeria era uma anfitriã muito dedicada e fazia de tudo para agradar seus hóspedes. A família se reuniu para se alimentar. A conversa foi amena e a atração principal era Krohagen e seus truques, que entretinham os meninos. Kurtshov demonstrava descontentamento, mas não se manifestou.

Em seguida, o feiticeiro, impaciente, saiu para caminhar pela vila. O frio e a neve do inverno que se aproximava eram de seu agrado. Halgeria carinhosamente colocava as crianças para dormir, e Navath, de forma insegura e envergonhada, foi procurar Kurtshov em sua câmara de estudos.

Ele se surpreendeu ao vê-la entrando, mas não esboçou reação alguma. Ela vestia uma camisola de sua esposa e era ingênua demais para entender que tal comportamento era inapropriado. Confrontada com o silêncio e a expressão intimidatória do tio, anunciou:

— Senhor Kurtshov, tenho uma informação a respeito de sua família e não sei o que fazer.

Ele se tornou intrigado e, sem mudar de expressão, respondeu:

— Como você poderia saber algo a respeito deles que eu ainda não?

A garota ruborizou. O tio a deixava ainda mais insegura e nervosa.

— Nada, senhor. Sou uma tola. Perdoe-me pela intromissão, vou deixá-lo em paz — disse, envergonhada, após um breve momento em silêncio.

O conselheiro, desconfiado, levantou-se.

— Não. Você vai ficar e concluir o que iniciou. Agora me diga que assunto tem sobre minha família. — Ela abaixou a cabeça e se encolheu contra a porta com a aproximação lenta, porém ameaçadora, do homem inquisitivo. — Quanto antes falar, antes estaremos livres um do outro — avisou ele, percebendo o desconforto da garota e freando seu avanço.

Navath, encurralada contra a porta, ficou ainda mais tensa e envergonhada. Jamais havia estado em situação similar e, gaguejando, atendeu o tio.

— Detectei vida na barriga de minha tia. Sua esposa. Muito recente. Dias... Será imperceptível para ela por algumas luas talvez.

Kurtshov reagiu levando a mão com força contra a porta, encarcerando a garota entre seu corpo e a madeira bruta atrás dela. Navath sentia emoções estranhas, calor e, ao mesmo tempo, medo.

— Que tipo de brincadeira é essa, menina? Explique-se!

— É meu dom, senhor. Perdão, ainda não conheço minha bênção, não sei como controlá-la ou utilizá-la direito. O mestre Krohagen vai me ajudar — balbuciou a jovem, nervosa.

Kurtshov levou seu rosto próximo ao dela. A garota virou para o lado de forma instintiva e ele sussurrou em seu ouvido:

— Tenho certeza de que você será uma grande Guardiã do Norte e fará milagres pelo povo de Ulther.

Ela se arrepiou, mas ainda sentia desconforto.

— Obrigada, senhor — respondeu, tentando se livrar.

Kurtshov agarrou o queixo da garota, forçando-a a encarar seu olhar penetrante, e disse em tom imperativo:

— Mantenha sua magia desgarrada longe de minha família.

Ele retirou a mão da porta, liberando a saída, sem se afastar. Ela permaneceu entre ele e a porta, por breve instante congelada pelo olhar único de Kurtshov, que, o que tinha de ameaçador, tinha de convidativo. De repente, Navath virou de costas, afastou a porta apenas o suficiente para seu corpo passar e deixou o escritório, seguindo para o quarto grande onde dormiria junto da tia e das crianças. Ele abriu a porta por completo para acompanhar a partida da sobrinha. Depois Kurtshov voltou para sua poltrona, pensativo.

Mais tarde, durante a madrugada, Navath foi despertada por um sonho que tinha com certa frequência, mas que, daquela vez, foi mais nítido e vívido. A garota sonhou com uma menina nortenha de pele clara, tão clara quanto a de Kurtshov. Tinha cabelos extremamente brancos, assim como as sobrancelhas e até mesmo os cílios. A pelagem era mais clara do que a dela mesma. A criança era pequena e estava nua em meio a uma violenta nevasca, sem demonstrar qualquer desconforto. Segurava a Lua em uma mão e o Sol em outra. Ao fim, uma voz onipresente dizia, ecoando em sua mente:

— *Sacrifício é sua herança e seu legado.*

Navath acordou assustada. A única pessoa para quem havia contado sobre seu sonho era Jehalli. A exploradora nortenha a aconselhara a não dar atenção àquilo; entretanto, Navath continuava a se esforçar para decifrar seu significado.

A jovem ouviu o som de amantes no cômodo ao lado. Ela nunca experimentara aqueles prazeres mundanos, pois sabia que, se cedesse aos seus desejos íntimos, corria o risco de perder seu apadrinhamento elemental e seus poderes. Ela ouviu então uma terceira pessoa pelo corredor. Percebeu que Halgeria e as crianças dormiam e tentou voltar a dormir também.

Do outro lado da porta, Krohagen voltava de seu passeio noturno pela vila e caminhava pelo corredor em direção ao seu aposento. Andava pelo breu completo da casa guiado apenas pela luz de seus olhos e da gema brilhante que trazia no pescoço. Estava reflexivo, pensando sobre o relato de Tomhir, a preocupação da jarl Tarin e os argumentos do irmão. Ele pitava seu cachimbo, distraído, deixando uma névoa gelada para trás.

De repente, seu lento caminhar pelo corredor escuro foi interrompido pela porta da câmara de estudos de Kurtshov se abrindo à sua esquerda. Dali saiu uma figura encapuzada às pressas, que trombou contra o feiticeiro. A figura coberta se espantou ao se deparar com o brilho energético do olhar de Krohagen e caiu. O feiticeiro se colocou a postos para atacar. A gema pontiaguda na ponta de seu cajado brilhou com intensidade, assim como a projeção elemental de seus olhos, iluminando o gatuno ao chão.

– Identifique-se, malfeitor! O que faz aqui? – ordenou o criomante, preocupado. O encapuzado revelou seu rosto aos poucos. – Capitão? – questionou Krohagen, confuso ao ver o rosto vermelho como brasa do jovem Tomhir, encabulado.

Mais uma pessoa surgiu do pequeno recinto.

– Pare de apontar seu cajado para o rapaz, irmão. Ele pode ficar animado.

Era Kurtshov, com um sorriso malicioso nos lábios ao que as mãos terminavam de vestir as calças, deixando o resto do corpo desnudo.

Capitão Tomhir, incomodado e muito envergonhado, vestiu o capuz outra vez e partiu, apressado, pelo corredor e para fora da casa, sem dizer nada.

— Você não muda, Kurts — recriminou Krohagen.

E o conselheiro, gesticulando para o irmão segui-lo para dentro do recinto, respondeu com humor:

— Jamais.

Krohagen entrou devagar, fechou a porta atrás de si e disse em voz baixa:

— Não costumo me envolver com picuinhas mundanas, mas, como você é meu irmão, vou dizer.

— Ah, sinto a iminência de chatice extrema. Fale, se é o que precisa — replicou Kurtshov, sentando-se em sua poltrona, ainda em tom de zombaria.

— Tenho pena de Halgeria, ela sempre foi uma pessoa bondosa e é devota a ti. Você deveria tratá-la de forma equivalente — seguiu o Guardião do Norte, refazendo o fumo em seu cachimbo.

Kurtshov perdeu a expressão alegre.

— Engana-se, irmão. Ela é a mãe de nossos filhos, sua devoção é à sua casa e a eles. Nunca a mim.

O feiticeiro, pensativo, reacendeu a brasa no fornilho.

— Esta é a mentira que conta a si mesmo para aliviar sua consciência?

— Sim. Vem funcionando perfeitamente por anos. Portanto, não estrague isso para mim, está bem?

Após um breve momento em silêncio, ambos riram.

Mais um momento silencioso surgiu enquanto Krohagen voltava a fumar, e Kurtshov admitiu pela primeira vez, cabisbaixo:

— Sabe, eu jamais seria um bom Guardião do Norte.

E se tornou pensativo.

— Por que diz isso, Kurts?

— Pois jamais conseguiria viver sem sexo — respondeu o conselheiro, com honestidade, e permaneceu encarando o irmão com um sorriso sutil no rosto, quase sério.

Krohagen decidiu se aproveitar do assunto e da sinceridade do irmão.

— Agora vou falar honestamente, irmão. Você é um grande pensador, diplomata, estrategista, pesquisador... Seus talentos poderiam ser melhor empregados em Ultelhir.

Mais uma vez, Kurtshov perdeu o sorriso e sua expressão se tornou descontente.

— Obrigado pelos elogios, irmão. É uma pena que não confio em Togak ou qualquer outro Andragdas. Além disso, meu caminho é outro.

Krohagen se espantou com as revelações do irmão.

— Interessante. Você gostaria de dividir comigo seus planos e seu destino?

Kurtshov demonstrou aborrecimento e, após breve reflexão, soltou, de maneira dissimulada:

— Conte-me sobre a bastarda de sangue corrompido. Nós a deixamos com os Farenheimn faz nove invernos.

Krohagen sorriu pela forma como o irmão se esquivou da pergunta. Sabia que ele não revelava seus segredos com tanta facilidade.

— Não a chame assim, Kurts.

O conselheiro girou os olhos.

— Fale sobre ela.

— Conheço Navath faz poucos dias. Encontrei com eles no Corvo de Pedra e viemos juntos para cá. — O feiticeiro pausou entre pitadas de seu cachimbo e retomou: — Vou lhe contar o que sei. Segundo Jehalli, logo que chegou ao assentamento, sua sobrinha ganhou um pequeno coelho de estimação. Certo dia, o animal foi encontrado morto. A garota ficou devastada e levou o roedor consigo para seu quarto. Farenheimn nada fez e permitiu à jovem seu luto por uma noite. No dia seguinte, após Navath deixar seu quarto, Jehalli foi se livrar da carcaça do coelho, porém se espantou ao encontrar o pequeno vivo.

— Ah, a garota encontrou outro coelho! — exclamou Kurtshov.

— Pode ser, irmão. Jehalli jura por seus antepassados que era o mesmo coelho, mesmas manchas, mesmas cores, mesmo tamanho, mesmos olhos — respondeu Krohagen entre baforadas.

— Alguém a viu fazer algo mágico de fato? — rebateu Kurtshov, zangado.

— As crianças da vila dizem tê-la visto fechar um corte fundo na perna de um de seus amigos, fruto do acidente em um brincadeira na Floresta da Noite Eterna — explicou o Guardião, calmo.

Kurtshov cobriu os olhos com a mão e o repreendeu:

— Está sendo enganado, irmão. Nem os Farenheimn querem a bastarda e a estão despejando na Ordem.

— Mais uma vez você pode estar certo, irmão. Mas sinto algo nela. Diferente. Estou disposto a testar seu despertar — respondeu Krohagen, com paciência.

O conselheiro, cansado, exclamou de maneira amarga, levantando-se:

— Bah, eu sabia que a bastarda se tornaria uma exibicionista das anomalias deste mundo...

Krohagen era o único capaz de decifrar as verdadeiras emoções do irmão e ali percebeu inveja. Nada disse e assim se despediram. O Guardião do Norte seguiu para seu quarto, onde aguardaria o amanhecer em meditação, enquanto Kurtshov permaneceu fechado em seu cômodo privado.

7

O VEREDITO

Na manhã seguinte, Kurtshov acordou cedo para se preparar. Estava otimista e por isso usou toda sua indumentária para a descida às ruínas subterrâneas. Vestiu sua túnica de couro reforçada, de mangas longas e comprida até os joelhos. Era preta e adornada com linhas douradas nas bordas. Sobre ela, vestiu uma malha de argolas metálicas escura, média e de mangas curtas. Trazia ombreiras de latão em várias camadas sobrepostas igualmente escurecidas cobrindo os ombros, parte do peitoral e os braços. As manoplas de couro pretas, reforçadas com placas metálicas, também possuíam linhas douradas nas bordas. Suas botas eram de couro, grossas, longas e pretas. A vasta capa negra, além de o proteger do frio, poderia esconder seu corpo inteiro. Trazia uma comprida e larga espada bastarda na enorme bainha presa às costas. Usava um cinturão comum, no qual trazia também uma adaga e uma espada curta embainhadas. Sua indumentária, apesar de oferecer boa proteção, tinha como prioridade a função estética e intimidatória.

O conselheiro estava pronto para deixar a residência quando foi interceptado.

— Vejo que está preparado para combate, irmão. Você acredita que encontraremos problemas? — questionou o Guardião do Norte, estranhando os trajes do irmão.

Kurtshov se surpreendeu ao ver Navath ao lado de Krohagen, mas seu olhar expressava apenas desprezo quando respondeu:

— Você sabe tão bem quanto eu que essa expedição não acaba em um quarto escuro com uma escultura antiga. Você sabe o que o monumento é. E por isso não deveria trazer essa desgarrada.

— Navath não é uma desgarrada. Ela faz parte da Ordem dos Guardiões do Norte agora. É minha aprendiz. E por isso vai aonde eu for — repreendeu Krohagen, em tom sério. Kurtshov, escondendo a ansiedade que sentia pelo momento do veredito de Tarin, virou de costas para eles e saiu em direção ao grande hall. — Não dê atenção a ele. É apenas um homem amargurado e estagnado. Talvez a expedição faça bem a ele — disse Krohagen a Navath com carinho.

Ela forçou um sorriso em seu rosto preocupado. O feiticeiro e a aprendiz então o seguiram em silêncio.

Os três chegaram ao grande hall primeiro. Depois veio o capitão Tomhir, vestindo sua armadura, trazendo seu escudo redondo e uma maça do tipo facha, entretanto sem o capacete de bronze da guarda de Caedhur. Parecia ainda envergonhado e ficou distante de Kurtshov. Em seguida, chegaram Jehalli, demonstrando pressa, e Valikhur, demonstrando ressaca.

Após longos momentos de espera, a jarl chegou por último. Ela ficou satisfeita em ver todos ali e prontos, como havia ordenado. Kurtshov se esforçava para se manter altivo e frio como de costume. Ela se sentou no trono encarando o conselheiro e, por fim, manifestou-se:

— Bom dia a todos. Vejo que estão preparados. — Todos se curvaram brevemente e ela prosseguiu: — Kurtshov, meu caro conselheiro. Você apresentou bons argumentos, embora sem provas. Ainda assim, seu raciocínio é convincente. Estou disposta a ceder passagem para vocês, caso essa seja sua vontade. Caso também estejam convencidos pelos argumentos de Kurtshov, não serei obstáculo entre vocês e uma descoberta revolucionária, mas também não serei quem ordenou tal busca. Então fica ao critério de cada um seguir ou não. Mas aviso o seguinte: a escotilha ficará aberta apenas hoje e apenas até o meio-dia. Vocês têm até lá para desvendar os supostos mistérios de Grathal Kaar e resgatarem os soldados abduzidos. Depois eu a fecharei de uma vez por todas.

Valikhur foi o primeiro a se pronunciar e exclamou em voz alta:

— Não sou um pesquisador nem conhecedor de velharias, sou apenas o guarda-costas, fui pago para trazê-los em segurança até Caedhur, só vou atrapalhar se descer. Portanto, aguardo vocês na taverna.

— Acredito que quanto menos pessoas, melhor. Iremos apenas eu, Tomhir e Krohagen — respondeu Kurtshov.

— Seguirei meu tutor — anunciou Navath, surpreendendo a todos.

Era raro ouvir sua voz doce e singela e por isso chamou a atenção dos presentes. Krohagen guardava o cachimbo apagado enquanto sorria para a jovem em concordância.

— Ainda me sinto responsável por sua segurança, querida. Minha partida pode aguardar até o entardecer — anunciou Jehalli, levando a mão ao ombro da amiga, gentil. — Descerei com eles, senhora Tarin — concluiu a rastreadora, determinada, despertando um sorriso na líder da vila.

— Agradeço o voto de confiança, senhoras e senhores. Este evento mudará o futuro de Ulther. Receberemos a besta de guerra kasporiana prontos para destruí-la — exclamou Kurtshov.

Em seguida, apressado, liderou o caminho, trazendo o capitão consigo, agarrando-o pelo braço.

A jarl Tarin observava a forma como seu conselheiro estava equipado. Ela jamais o vira assim e sabia o que aquilo significava. Então chamou a atenção do amigo Urso Fiel:

— Valikhur.

— Você quer que eu os acompanhe, não é? — suspirou ele, já entendendo.

— Quero um guerreiro experiente e leal cuidando deles — respondeu ela.

Ele balançou a cabeça, sério.

— Está certo. Maldição!

E seguiu o grupo, desanimado.

8

PAVOR E IMPASSE

Dois guardas receberam o grupo na saleta da escavação. Eles abriram o alçapão, permitindo a descida dos seis exploradores. Tomhir acendeu uma tocha e guiou o caminho, seguido por Kurtshov. Krohagen proferiu algumas palavras ancestrais em voz baixa. Em seguida, passou a mão na gema pontiaguda na ponta de seu cajado e, por fim, deu uma baforada gelada no cristal que acendeu magicamente. Ele sorriu e piscou para Navath, que apenas esboçou um sorriso de canto de boca e o seguiu de perto, apreensiva.

Valikhur, entediado, acendeu um pequeno lampião de ferro batido e o prendeu em uma das muitas argolas em seu cinturão, entre o martelo e o machado de guerra. Jehalli, muito atenta, vinha na retaguarda trazendo uma tocha. Os guardas fecharam a porta de madeira do alçapão atrás deles, e o grupo iniciou a descida.

Kurtshov, apressado, emparelhou com Tomhir. O jovem capitão aproveitou para desabafar em voz baixa:

— Não deveríamos estar aqui.

Kurtshov fechou os olhos, frustrado, e reclamou:

— Pelos Antigos! Vai começar mais uma vez.

— Quero dizer, Kurts, que é nossa responsabilidade. Me sinto mal em envolver outros — prosseguiu o soldado.

— Nós devemos resgatar seus soldados, Tom. Para isso, precisamos que meu irmão ative o encantamento — soltou o conselheiro, impaciente.

— Sei que essa não é a razão pela qual você está aqui. Mas realmente temos que fazer o que pudermos por Hortug e Kelvaj — retrucou Tomhir, hesitante.

Kurtshov lançou sobre o jovem seu olhar intimidador, fazendo-o se desviar do seu, e proferiu:

— Pare de ser presunçoso, rapaz. Agora chega deste assunto. Concentre-se.

O restante do grupo seguiu o capitão e o conselheiro, que já haviam estado ali antes. Caminharam pelo corredor escuro de alvenaria e arquitetura ancestral até encontrarem a carcaça antiga. Apenas Navath demonstrou reação. A jovem freou e levou as mãos à cabeça, como se acometida de forma repentina por uma forte enxaqueca.

— Você está bem, criança? — perguntou Krohagen, preocupado.

Porém, foram interrompidos pelo parecer firme da rastreadora nortenha:

— Essas pegadas não são de nenhuma besta que já tenha estado sobre a superfície de Soltin. Está escondendo algo, conselheiro? Não desejo ter de enfrentar nenhuma criatura arslanteana para você conquistar seu triunfo.

— Não tem nada nem ninguém aqui. Tudo o que sei já compartilhei com vocês — respondeu o homem, da frente do grupo, caminhando sem se virar.

Jehalli e Valikhur se entreolharam, desconfiados, enquanto Krohagen levou a mão ao ombro da pupila amedrontada. A garota estava aflita e assustada. O que a tinha atormentado havia apenas um instante, ela não teve coragem de compartilhar com os companheiros. Navath tinha escutado gritos e uivos horripilantes junto de um hino profano em idioma desconhecido para ela. Ao perceber que apenas ela tinha ouvido tal atrocidade, decidiu por não revelar nada, temendo a represália do tio ou o julgamento dos mais experientes e céticos.

Durante os instantes seguintes de caminhada, Tomhir rompeu o silêncio resultante da apreensão do grupo:

— Jehalli, você já viu algum ser arslanteano?

Sua pergunta expressava uma mistura de inocência com ceticismo. O experiente Valikhur riu em deboche, e a desbravadora respondeu em tom sério:

— Nunca. Infelizmente para mim o velho continente e seus habitantes míticos não passam de uma lenda.

— São apenas histórias para manter as crianças longe das terras selvagens a oeste — concluiu Valikhur.

Foi a vez de Kurtshov rir em deboche, e o irmão interceder:

— Não tenham tanta certeza, meus caros. Minha Ordem tem muitos registros de fósseis, artefatos e eventos que apontam para a existência de Arslantia.

Kurtshov ainda acrescentou aos argumentos do irmão:

— Como vocês, simplórios, acham que as civilizações soltezas chegaram aonde estão com apenas dois mil anos de existência sem a herança de uma cultura avançada e anterior a nós? Olhem ao seu redor! Se este local onde estamos não prova isso, então vocês escolhem ignorar os fatos.

Conforme caminhavam, Jehalli ouvia séria e reflexiva. Krohagen demonstrava aprovar os argumentos do irmão. Valikhur expressava escárnio em suas reações. Navath e Tomhir acompanhavam tudo com curiosidade e temor.

— Então os arslanteanos são seres inteligentes e superiores a nós? — questionou Tomhir, aproveitando o vasto repertório do companheiro.

— Muitos deles eram. Outros eram bestas grotescas sedentas por sangue — respondeu Kurtshov, de maneira sombria.

Krohagen, percebendo o efeito da conversa em Tomhir e em Navath, interveio:

— Grathal Kaar era um estudioso dos antigos habitantes de nosso mundo. Talvez em nossa pesquisa, seguindo seus passos, possamos descobrir mais a respeito desse assunto e esclarecer nossas dúvidas.

— Espero que nenhuma fera arslanteana cruze nossos caminhos — soltou o jovem capitão, intrigado.

Em resposta, veio o comentário do velho guerreiro nordestino:

— A única chance de isso acontecer é em seus pesadelos, rapaz.

E riu ao que o grupo seguia pelo largo corredor cercado pelos túneis escuros cavados na terra.

Foi num desses túneis tenebrosos que a pobre Navath testemunhou a alegoria do terror. Ao passar em frente a uma das passagens, algo chamou sua atenção pela visão periférica. A garota virou para lá e, nas trevas absolutas do túnel, testemunhou uma figura escura, antropoide, alongada, formada por fumaça preta. A entidade tétrica se estendia vertiginosamente do chão ao teto, curvada por conta de sua envergadura não natural, e ali permaneceu, estática, encarando-a com seus orifícios oculares vazios e escuros como profundezas abissais de forma ameaçadora. No entanto, desapareceu nas sombras tão rápido quanto um piscar de olhos. A garota, apavorada, não foi capaz de conter o grito, que interrompeu a conversa e assustou a todos.

— O que foi, Navath? — questionou Krohagen, bastante preocupado.

— Acho que vi algo — respondeu a garota, trêmula, recuperando-se do choque.

O criomante estudou o corredor para onde ela apontava.

— O que era?

Navath sentia a pressão do olhar de Kurtshov, na dianteira, e soltou, cabisbaixa:

— Acho que não foi nada.

O conselheiro praguejou e voltou a caminhar, seguido dos outros.

— É como quando levamos os Ursos novatos pela primeira vez a um contrato. Se borram por qualquer coisa — comentou o Urso Fiel, rindo.

— Você tem certeza de que está bem, querida? — o feiticeiro perguntou com carinho.

A garota, que já não via mais a criatura hedionda, apenas balançou a cabeça em concordância.

A partir dali, qualquer ruído que ouviam ao longe se tornava motivo para susto e alerta. Kurtshov, porém, garantia que eram estalos rochosos naturais e que Jehalli, melhor do que ninguém, deveria saber disso. Após mais um período de caminhada apreensiva, chegaram à bifurcação, onde já podiam ver a velha porta arrombada, o salão enorme e o altar medonho ao fundo. Kurtshov logo entrou e se colocou de frente para a escultura estranha e imponente. O grupo seguiu de forma cautelosa, observando tudo ao redor.

O capitão Tomhir permaneceu na porta, receoso. O perspicaz Krohagen logo percebeu o cadáver entre os detritos no chão e sua atenção foi atraída para lá junto à de Navath. Jehalli analisava o monumento misterioso, boquiaberta. Ela passava a mão de forma suave sobre os detalhes esculpidos com técnica nunca vista e levava seus olhos bem perto das inscrições rúnicas gravadas na superfície conservada. Valikhur, entediado, acompanhava distraído o entusiasmo dos colegas. O feiticeiro, abaixado sobre a carcaça antiga, comentou:

— Acredito que este corpo pertenceu a algum Guardião do Norte. Um dos primeiros. Consigo sentir resíduo elemental neste cajado quebrado. — Ele tinha a mão espalmada sobre o bordão empoeirado entre as rochas. Kurtshov apenas observava de braços cruzados o estudo de Krohagen e de Jehalli. — É uma pena não saber mais sobre esta pessoa. Nenhum bem restou além do cajado quebrado e farrapos das vestes — lamentou o Guardião do Norte, intrigado, ainda agachado e mirando a ossada.

Kurtshov seguiu em silêncio, determinado a não revelar seu segredo, contudo foi surpreendido pela voz baixa e contida da sobrinha:

— Mestre Krohagen, se é importante para o senhor conhecer algo sobre esta pessoa, talvez eu possa ajudar.

Ao perceber a aproximação de Kurtshov descontente, a jovem se silenciou, e o feiticeiro respondeu:

— Eu gostaria muito, querida Navath. Como seria possível?

Ele demonstrava muito interesse no anúncio da aprendiz, que explicou, ainda mais acanhada com a atenção que chamava para si:

— Descobri algo sobre mim mesma com meu coelho, Tarib. Acredito que posso repetir aqui.

— É seguro? — questionou Krohagen, preocupado.

Ela apenas balançou a cabeça, concordando. Ainda assim, Kurtshov, sem demonstrar sua aflição interna, questionou:

— Não é uma boa ideia perturbar o descanso dos mortos, irmão. Você não conhece a magia profana dessa desgarrada.

Krohagen repreendeu o irmão com um olhar sisudo e incentivou a aprendiz, com curiosidade:

— Vamos conhecer seus poderes juntos, Navath. Serei seu guia e tutor, caso algo saia do controle ou você se sinta mal. Estarei aqui para atendê-la.

— Parem com essa loucura. Não sabem o que podem despertar! — insistiu Kurtshov, ainda escondendo seu medo de que ela revelasse algo comprometedor.

Krohagen pegou na mão de Navath com gentileza e pediu, com um olhar, para que ela iniciasse seu ritual.

A jovem estendeu a outra mão sobre a carcaça, tocando sua superfície com leveza. Em seguida, fechou os olhos e sua respiração se tornou acelerada, enquanto feixes de luz esverdeada escapavam por suas pálpebras. De repente, a mão que tocava o cadáver passou a emitir um brilho de mesma intensidade. Em seguida, de forma assustadora, ela levou a cabeça para trás, abriu muito as pálpebras, emitindo a luz verde intensa, virou os olhos para cima, escondendo as pupilas e a íris, abriu a boca e gritou, assustando a todos.

— Calma, garota! Está tudo bem, estou aqui!

Krohagen a abraçou, e aos poucos o brilho elemental da mão e dos olhos de Navath foram desaparecendo.

— Eu avisei! — repreendeu o conselheiro, descontente.

A aprendiz se afastou do mentor e disse em voz baixa:

— Esta pessoa... Seu nome era Pravell, estava fugindo. Roubou algo de muito valor. Sentia ansiedade e pavor ao mesmo tempo. O acidente que ocorreu aqui e lhe ceifou a vida foi fruto de seu estado mental extremamente conturbado.

Navath ainda se recuperava do gasto de energia, ofegante, quando Kurtshov a refutou de forma severa:

— Bobagem! Ela está o enganando, manipulando-o com esses truques.

— Perdão, mestre. Foi a primeira vez que fiz isso em uma pessoa. Acredito que posso melhorar — suplicou ao feiticeiro a jovem, reticente e ofegante.

Ele sorriu com carinho para ela, afagou seu ombro com a mão e avisou:

— Você foi muito bem, Navath. Além disso, tem uma dádiva incrível. — O Guardião do Norte, em seguida, levantou-se e encarou o irmão. — Você quer minha ajuda? Então precisa aceitar o dom de Navath, pois ele pode ser útil em nossa busca. E deve tratá-la com respeito também, ela é um membro de minha Ordem. — Antes de o conselheiro responder, o irmão prosseguiu: — Você tem certeza de que não havia mais nada aqui ontem, Kurts?

— Tudo aqui está exatamente como deixamos — respondeu logo o conselheiro.

Krohagen aceitou a resposta do irmão e se pôs a ajudar Navath. Jehalli lançou um olhar desconfiado para o conselheiro, que permaneceu frio, encarando-a de volta, até que ela voltou o mesmo olhar desconfiado para o capitão à porta, mas este o desviou e permaneceu cabisbaixo.

Em seguida, a exploradora se manifestou junto do grande monumento estranho:

— Tudo o que vimos até chegar aqui eu já vi antes, em outras ruínas. Mas isto é totalmente novo para mim. Deve ser algo especial, pela quantidade de trabalho investido pelos antigos arsimérios nessa escultura. — Krohagen deixou a pupila e seguiu até o altar. A projeção elemental de seus olhos revezava entre o monumento estranho e o chão à sua frente. A rastreadora prosseguiu, ainda analisando a peça: — A serpente, na cultura dos arsimérios, significava mudança, transição, passagem...

O Guardião do Norte se espantou, não com as palavras da companheira, e sim com o que tinha detectado com os olhos, mirando o chão ao centro do salão.

Ele se abaixou mais uma vez, fechou os olhos, interrompendo a projeção elemental, e espalmou a mão contra o chão, enquanto a outra se apoiava no cajado.

— O que descobriu, irmão? — indagou Kurtshov, animado.

— Detectei carga elemental poderosa e antiga conjurada aqui. — Ele seguiu examinando de olhos fechados e anunciou: — Um encantamento muito antigo e muito simples. — O feiticeiro se levantou e apontou o cajado contra o chão, dizendo: — Afastem-se. Acredito que foi evocado por um piromante.

As palavras de Krohagen despertaram euforia em Kurtshov. *Só pode ser Grathal Kaar*, pensou. Em seguida, o Guardião proferiu palavras antigas em um breve cântico de sua Ordem, gesticulando com a mão livre, ao passo que o cajado projetava um feixe azulado contra o chão.

O resultado foi incrível. Inscrições antigas surgiram em pequenas labaredas no chão. Era um texto curto, que todos puderam ler, e trazia a seguinte mensagem:

Não prossiga neste caminho. Dê meia-volta e jamais retorne.

G. K.

Kurtshov festejou:

— Eu sabia! Estamos no caminho certo. O velho escondeu seus segredos por aqui.

— Por aqui onde? Só tem esta sala. Ou você quer voltar e explorar os corredores menores escavados? — questionou Valikhur, confuso.

Kurtshov sorriu de forma orgulhosa.

— Tenho uma teoria, mas vou permitir ao meu irmão explicar. Ele é o especialista, afinal de contas.

Krohagen, muito entusiasmado, discursou:

— Pelo relato de Tomhir ontem, pelo parecer de Jehalli agora e pela energia residual presente na estrutura, concluo que se trata de uma ferramenta arcana abastecida por energia elemental para abertura de portais. Pode ser usada para ir a qualquer lugar, até mesmo acessar o Além-Véu. Este, no caso, está encantado por algum feiticeiro antigo, talvez o grande Grathal Kaar, e já tem um destino programado. — Kurtshov sentia o ânimo nas palavras do irmão. Aquela era uma grande descoberta e ambos estavam ansiosos para prosseguir, contudo o cauteloso Krohagen continuou: — Sinto resquícios de uma essência poderosíssima no portal, a mesma que conjurou as runas no chão. Acredito que seja o próprio Grathal Kaar. Na verdade, estou certo de que ele usou este recurso, sim.

O Guardião do Norte chegou a se emocionar, e uma pequena gota cristalizada rolou de seus olhos marejados. Era uma revelação e tanto, um novo registro na história de sua Ordem e de seu fundador, o homem que era um ídolo para todos os Guardiões e uma lenda em Ulther.

— Então o que estamos esperando? Tarin nos deu até o meio-dia, vamos logo. Krohagen, alimente o portal para ativá-lo! — exclamou Kurtshov, quase sem conseguir controlar a euforia.

O feiticeiro tinha um olhar sombrio em resposta às palavras do irmão e respondeu de forma ainda mais tenebrosa:

— Você não sabe o quanto desejo seguir os passos do grande Kaar. Mas sinto que outra presença impregnou este portal com sua essência. Uma essência estranha, misteriosa... Ela deixou aqui vestígios de uma carga elemental poderosa e profana, Kurtshov.

A declaração do Guardião provocou inquietação no grupo.

Valikhur cruzou os braços, bufou e reclamou:

— Desgarrados! Eu sabia que não era boa ideia. É melhor deixar como está.

— Isto foi há séculos, Krohagen. Agora vamos, você sabe que encontraremos relíquias e conhecimento perdido. Sabe que nossas descobertas serão importantes não apenas para sua Ordem, mas para Ulther inteira. Mesmo que você não acredite na ameaça kasporiana, não podemos ignorar tal achado — argumentou Kurtshov, inconformado.

— Você quer parar com essa mentira de ameaça sulista? Essa manipulação pode funcionar com Tarin, mas não conosco — pronunciou-se Jehalli, revoltada.

O feiticeiro, pensativo, falou antes do irmão poder responder a desbravadora:

— Você tem razão sobre as descobertas e sobre seus impactos em nosso mundo, Kurts. No entanto, não posso ignorar o vestígio profano aqui; pode ser perigoso. Prefiro voltar no futuro, junto de Taellana, a Avalanche.

Kurtshov apertou os olhos, encarando o irmão, e caminhou a passos lentos até ele, exclamando:

— A Feiticeira Suprema do Norte não vai concordar em acessar o portal. A velha retrógrada é tão cega quanto os outros líderes ultheranos. Isto é uma tarefa para nós, irmão, visionários, destemidos e responsáveis. E o mais importante, ultheranos de verdade!

As palavras de Kurtshov incomodaram Valikhur, entretanto quem se pronunciou foi Jehalli, em tom de zombaria:

— Não acredito que você vai cair nessa, Krohagen.

Kurtshov continuou:

— Se você não fizer, eu trarei uma bruxa desgarrada aqui. Ou contratarei um ilusionista jastariano. Quer saber? Pagarei até um elementalista do sul para abrir este portal para mim. O fato é que seguirei os rastros de Grathal Kaar e encontrarei seus segredos. Com ou sem você. – Krohagen, pensativo, encarava o olhar penetrante do irmão. – Vocês estão com medo? Então vão embora! Prefiro fazer isso sozinho. Mas não se esqueçam de minhas palavras quando a besta de guerra kasporiana chegar, queimando nossas colheitas, matando nossos animais, saqueando nossas vilas, assassinando indiscriminadamente nossas crianças e anciãos, violentando-os e destruindo tudo até afogarem os jarls e o velho rei Togak Andragdas com o sangue de seus súditos, forçando-os a se submeterem a um império tirano que vai escravizar nosso povo. Vão apagar nosso modo de vida, nossos costumes, nossas crenças e substituí-los por servidão e sofrimento sem fim. Será o fim do legado e da liberdade ultherana! Quem sabe até nosso extermínio!

Valikhur, enfurecido com o discurso do conselheiro, bradou:

– Eu sou um ultherano de verdade, e não permitirei que os nanicos sulistas invadam nossas terras ou toquem em nosso povo!

Jehalli fazia sinal negativo com a cabeça, enquanto Kurtshov concluía, olhando para o irmão:

– Além disso, é sua chance de levar de volta as relíquias perdidas do fundador de sua Ordem para seu devido lugar.

Krohagen, após refletir, anunciou:

– Está bem, irmão. Prefiro que seja eu ao seu lado em tal expedição a um charlatão ou algum profanador.

– Então vamos terminar logo com isso, antes que eu também comece a ficar neurótica com essa tal ameaça sulista – exclamou Jehalli, impaciente.

O capitão Tomhir, preocupado, enfim entrou no recinto e se pôs ao lado de Navath, que também se demonstrava apreensiva.

Krohagen avisou os companheiros:

— Preciso que confiem em mim. Deem as mãos e não soltem por nada.

Valikhur agarrou o punho de Jehalli, que segurou firme a mão de Navath, que, por sua vez, hesitou em oferecer a mão ao capitão, que deu a mão a Kurtshov, que, por fim, fechou a corrente pegando a mão do irmão com força. O Guardião do Norte ergueu o cajado e proferiu palavras mágicas no dialeto ancestral, em voz alta e ritmada, ao que seu corpo era envolto por uma aura cor ciano, que se espalhava pelos companheiros pouco a pouco. Assim que o vapor energético envolveu a todos, o feiticeiro proferiu, de forma imponente, ecoando pelas galerias subterrâneas:

— *Oej Winvern Olteonvall!*

Em seguida, apontou o cajado contra o grande monumento e disparou. A rajada elemental ativou a estrutura, que passou a emitir um forte clarão. De repente, o grupo foi sugado para dentro dela, como um redemoinho de água por um orifício. Tudo ocorreu tão rapidamente que não tiveram sequer tempo de gritar.

9

ARREBATADOS

Foram imersos numa vastidão azul-clara e brilhante. Conforme seus olhos se ajustavam, pareciam ver locais de Soltin passando a uma velocidade incompreensível. Era como se voassem pelo mundo sem peso, sem forma, sem volume, como fantasmas. De supetão, uma descida vertiginosa os levou ao seu destino. Todos, exceto Krohagen, acreditavam que aquele impacto significava a morte certa, no entanto, para a surpresa deles, apenas passaram a existir em outro local. E mais uma vez, todos, exceto Krohagen, caíram no chão com a percepção equivocada da inércia, tontos e enjoados.

Conforme se levantavam, miravam ao redor com a visão ainda embaralhada. Pareciam estar numa ilhota em meio a um largo rio. Krohagen analisava curiosamente um enorme monólito cravejado com runas ancestrais entre as rochas. Tratava-se do receptáculo encantado por Grathal Kaar para receber o usuário do portal. Mas não poderia ser utilizado para retornar. *Isso é um problema*, pensou o feiticeiro.

— Você não poderia ter nos avisado, bruxo?! — exclamou Valikhur, recuperando-se.

— De que adiantaria? — respondeu Krohagen com uma risada.

— Não existem palavras que poderiam ter nos preparado para isso — adicionou Kurtshov, nauseado.

Conforme seus sentidos se ajustavam, começaram a sentir os flagelos do lugar em que tinham ido parar: os olhos apertados, nunca acostumados com a claridade do céu azul e um sol escaldante, a pele queimando onde estava exposta e o calor das vestes abafadas.

— Para que mundo maldito você nos trouxe? — protestou Valikhur, suando como nunca.

— Ainda estamos em Soltin. Acredito que no sul — arriscou Krohagen, reflexivo.

— Estamos em Khol Naduf — concluiu Kurtshov.

Todos se abismaram com a revelação do conselheiro.

— Como tem certeza? — questionou Jehalli.

— Já estive em Jastar, no passado. Além disso, já li tanto sobre a geografia da região que posso reconhecer qualquer lugar de memória — explicou ele.

A desconfiada exploradora aceitou a resposta com certa estranheza em seu olhar ao passo que Tomhir olhava Kurtshov com admiração por seu vasto conhecimento.

— Está vendo algum sinal de Kelvaj ou Hortug em meu rosto? — provocou o conselheiro, incomodado.

O capitão, envergonhado, logo passou a investigar a região em silêncio.

Enquanto isso, Navath se aproximou de Krohagen, que estava junto ao monólito, e anunciou:

— Mestre, agora que me conectei à essência daquela pessoa, Pravell, consigo detectá-la quando houver resquícios de sua passagem. Acredito que aqui existe energia residual suficiente para eu acessar suas memórias deste local.

— Você tem energia suficiente? — perguntou Krohagen, curioso, ainda que preocupado. — Não quero que se esgote, isso pode ser perigoso para você, Navath.

Kurtshov se aproximou, ouvindo a conversa de ambos de onde estava, e anunciou:

— Chega dessa encenação, precisamos planejar nossos próximos passos.

Krohagen acenou para o irmão se calar e deu a mão para a pupila. Em seguida, ela levou a outra mão ao monólito e fechou os olhos. Tudo ocorreu de forma similar à primeira vez, mas com menos intensidade. Ao terminar seu exame elemental, Navath anunciou, em voz baixa e fatigada, para o tutor:

— Esta é uma memória anterior, mais antiga. A pessoa seguiu Grathal Kaar até o portal que usamos, depois pelo deserto até dunas enormes. De repente, Kaar sumiu engolido pelas areias, talvez tenha entrado em alguma toca ou tenha percebido a presença de alguém o seguindo e planoportou. Pravell então retrocedeu até um abrigo com a intenção de voltar ao local no dia seguinte.

Os irmãos se encaravam, pensativos com o relato da jovem sensitiva, que se recuperava, ofegante.

Ao mesmo tempo, Jehalli havia sentido um cheiro ruim, e de certa forma conhecido, e seguiu seu rastro. Após alguns passos entre as rochas, encontrou a fonte do mau cheiro.

— Kurtshov! Tomhir!

A rastreadora chamou os dois, que logo se aproximaram, cobrindo o nariz. Farenheimn apontava para o corpo de um homem com uniforme da guarda de Caedhur, o elmo bronzeado e com uma marca de estocada na barriga ensanguentada.

— Pobre Kelvaj. Deve ter agonizado aqui por um tempo antes de morrer — concluiu Tomhir.

— Precisamos encontrar Hortug! — exclamou Kurtshov.

— Achei que sua prioridade eram os mistérios de Grathal Kaar — lembrou Jehalli, desconfiada.

Kurtshov respirou fundo, mantendo a expressão condizente, e avisou:

— Precisamos retornar com ele para ser julgado por este assassinato.

Na verdade, a mente de Kurtshov executou raciocínios rápidos, raciocínios que ainda não havia tido tempo de elaborar. Ele precisava ser cauteloso. Caso encontrassem Hortug vivo, precisaria interrogar o homem e obter o tal artefato poderoso de forma incógnita. Mas e depois? Hortug não poderia mencionar a adaga a ninguém, ainda mais para Krohagen. Teria o conselheiro de silenciar o homem de alguma forma para manter seu segredo seguro e poder estudar a relíquia em paz? Esse era um assunto que precisaria evoluir em pensamentos ao mesmo tempo que prosseguia a jornada. Foi quando Jehalli mais uma vez se pronunciou, alertando a todos:

— Não temos mais tempo. Precisamos sair daqui.

— Tudo isso é pressa para retornar ao seu assentamento no extremo oeste? — retrucou Kurtshov.

Ela apenas apontou para o lado oposto. E então todos compreenderam a situação em que se encontravam: estavam numa pequena porção rochosa coberta por areia no meio de um rio revolto. A maré subia perigosamente e as margens estavam distantes.

— O que faremos? — quis saber Tomhir, preocupado.

— Eu não sei nadar — avisou Navath, em voz tão baixa que só Krohagen pôde ouvir.

— Eu me recuso a deixar minha armadura para trás. Afundo com ela! — exclamou Valikhur, com os poderosos braços cruzados.

Navath estava apreensiva, observando a desbravadora estudar a ilhota em busca de alguma solução. Kurtshov encarava o irmão como se estivesse esperando alguma solução arcana, mas o pobre criomante sofria mais do que todos com os efeitos do calor extremo daquelas terras inóspitas.

— Que rumo Kaar tomava ao chegar aqui durante suas peregrinações? — lançou o astuto conselheiro ao ar para reflexão do grupo.

— Não podemos retornar como viemos? — arriscou Tomhir.

E foi respondido por Krohagen, desanimado:

— Não por aqui. Teremos de achar outro portal. Além disso, sinto minha padroeira elemental distante.

— Ah, ótimo! Estamos presos nesta fornalha para sempre! — reclamou Valikhur, zangado.

A desbravadora nortenha chamou a atenção de todos:

— Aqui! Achei uma passagem!

Todos se juntaram a ela, que apontava para uma fissura entre as rochas molhadas, que levava para uma gruta subterrânea.

— Você quer que nos enfiemos nesse buraco? Para baixo do rio? — questionou o Urso Fiel, confuso.

Ela logo explicou:

— Acredito que passa por baixo dele. É nossa única opção.

Krohagen acendeu a ponta de seu cajado, pegou a mão de Navath e guiou o caminho, enquanto Kurtshov pediu ao capitão que acendesse outra tocha. Então seguiram os dois primeiros. Valikhur, ainda com o pequeno lampião aceso em seu cinturão de guerra ultherano, encolheu-se e contorceu o que pôde para conseguir passar pela estreita passagem. Por fim, foi seguido por Jehalli, sempre atenta.

A gruta era um caminho de pedras estreito, baixo e desconfortável, inundado até a altura das coxas dos aventureiros. O teto rochoso gotejava sem parar. A água do rio começava a invadir de forma ameaçadora pela passagem por onde haviam entrado. Após um breve período no corredor sinuoso e claustrofóbico, acompanhados pelo som forte do rio sobre eles, enxergaram luz ao longe. Era a saída, em aclive íngreme e escorregadio. Chegaram lá com pressa e venceram o obstáculo sem dificuldade, de forma cooperativa.

A abertura os levou à margem do rio, entre uma estreita faixa selvática. Palmeiras e vegetação rasteira predominavam ali, junto de aves e alguns répteis. O calor à sombra era menos agressivo, mas ainda intenso para os ultheranos. Eles viram a ilhota rochosa ser coberta pelas águas, ficando apenas o monólito sobre elas.

— Por que tinha que ser em um local tão quente? — reclamou Valikhur, limpando o suor do rosto.

— Grathal Kaar era o único nortenho amante do calor — explicou Kurtshov de pronto.

— Eu sabia que deveria ter ficado na taverna — seguiu o outro, queixando-se.

A perspicaz Jehalli, avançada, convocou o grupo:

— Avistei abrigo.

Eles a seguiram até uma pequena choupana muito antiga e um tanto destruída. Duas paredes de bambus e parte do teto feito de palha e colmo ainda serviam de refúgio ao grupo. Kurtshov, sem parar para descansar, passou a investigar a região, seguido por Krohagen e depois Jehalli. O restante se abanava, abria as vestes e bebia água na beira do rio.

— Precisamos planejar nosso retorno — comentou o capitão, apreensivo.

— Não antes de encontrarmos Hortug — repreendeu Kurtshov, impaciente, e logo emendou: — E seguirmos os passos de Grathal Kaar até suas relíquias.

— Além disso, não temos um portal de retorno. Teremos de achar outro — acrescentou Krohagen enquanto mirava o chão com a projeção elemental azulada de seus olhos.

O capitão, incomodado, arriscou outra saída:

— Ou seguimos o rio até uma vila. Pedimos ajuda.

Kurtshov, sem parar de procurar pistas e vestígios, respondeu:

— Se eu estiver certo, e normalmente estou, estamos muito distantes de Jastar, no centro de Khol Naduf. Caso encontremos algum assentamento, seremos saqueados e, se tivermos a sorte de nossos captores serem gentis e benevolentes, seremos levados até Jastar para que os chanceleres nos interroguem, julguem nossas explicações e decidam nossos destinos. Porém, estamos no meio do deserto e ninguém em Ulther sabe de nosso paradeiro. Além disso, os recursos aqui são escassos e limitados, nenhum saqueador terá sequer condições de alimentar seis ultheranos durante dias até chegarmos a Jastar. Talvez eles mantenham Jehalli e Navath... — O conselheiro concluiu seu discurso de forma macabra, incomodando a todos.

Krohagen tentou atenuar a tensão exclamando:

— Fiquem calmos e positivos, amigos. Tudo vai dar certo. Sairemos dessa com a bênção de Latyria!

Kurtshov debochou ao ouvir o nome da lendária feiticeira, que era ícone dos Guardiões do Norte, trazendo um silêncio mórbido ao grupo.

A quietude foi interrompida pela voz contida de Navath, procurando entre os restos do casebre destruído, ao chão:

— Mestre Krohagen, aqui existem vestígios da essência de Pravell. O senhor deseja que eu me concentre nestas memórias?

A revelação chamou a atenção de todos, mas principalmente dos irmãos.

— Se não for muito desgastante, Navath. Toda informação será importante agora — incentivou Krohagen, entusiasmado, enquanto Kurtshov tentou se aproximar o suficiente para conseguir ouvir o parecer da garota acanhada.

Ela repetiu seu ritual. Parecia que com cada experiência ficava melhor.

— Esta memória segue a anterior. A pessoa estava aqui, ainda aguardando o momento de voltar para onde viu Grathal Kaar. Era noite. De repente, criaturas estranhas saltaram de baixo das areias para cima do telhado, a pessoa foi atacada e por isso foi forçada a planoportar. A memória acaba de forma violenta – revelou ela, após breve momento em seu transe elemental.

– Mas quem poderia perseguir Grathal Kaar e ter o poder de planoportar? Teria nosso grande líder sido traído por um membro de nossa Ordem? – indagou Krohagen, boquiaberto.

Kurtshov começava a se preocupar com sua busca. Se os outros tivessem acesso à informação sobre o artefato ou até mesmo o encontrassem, ele não poderia testar seu poder em paz e uma possível vantagem na guerra por vir cairia em mãos despreparadas.

O Guardião do Norte, interessado, soltou em voz baixa:

– Esses fatos são reveladores, trazem suspeitas inéditas e terão valor em minha Ordem. Preciso relatar à Taellana.

Navath parecia contente em ajudar o tutor.

Jehalli, pensativa, exclamou:

– Estou mais preocupada com as tais criaturas que saltam da areia.

– Incrível, não? Se o que a bastarda diz é verdade, tal pessoa teve contato com os lendários slithianos – disse Kurtshov.

– Não acho incrível, acho perigoso. O que sabe a respeito? – repreendeu a exploradora.

– Trata-se de um povo cego, de pele escamosa e pernas articuladas, que habitava os confins abissais das areias. Apesar de serem humanoides, não possuíam inteligência suficiente para prevalecer e, com o crescimento de Jastar, foram extintos ou expulsos das regiões civilizadas. O fato é que há muitos séculos não existem relatos de um ter sido visto – explicou Kurtshov, orgulhoso.

– Não me parece uma boa ideia lutar contra esse tipo de monstro no habitat natural deles – concluiu Valikhur.

O grupo refletiu sobre o assunto.

— Bem, nós temos uma pista — anunciou Kurtshov, que voltou a investigar o local com mais afinco para evitar que seus companheiros encontrassem algo comprometedor para seus planos.

Após breves instantes, nova comoção foi anunciada, desta vez pelo Guardião do Norte, animado:

— Ah, achei mais uma inscrição rúnica elemental. Acredito que seja de Grathal Kaar!

Ele apontava o cajado para o chão da palhoça, e Kurtshov alertou:

— Se o piromante conjurou tal mensagem aqui, a choupana inteira vai arder em chamas em instantes.

E o irmão, já iniciando o ritual para ativar o encantamento, respondeu:

— Não, as chamas apresentarão a mensagem de forma inofensiva, controlada e apenas enquanto eu as alimentar com minha energia.

O grupo abriu espaço e ele canalizou carga elemental contra o chão, ativando o encantamento e revelando uma seta em chamas.

— A marca aponta para o sul — inferiu Jehalli, inconformada.

— Então temos nosso destino — anunciou Kurtshov, determinado.

O capitão, contrariado, logo disparou:

— Isso nos leva para longe do rio e da mata, para dentro do deserto.

A exploradora concordou com desânimo ao passo que o conselheiro argumentou:

— É o caminho de Grathal Kaar. Se ele o fez, nós podemos seguir. E lá devemos encontrar uma forma de voltar, assim como ele fazia em sua época.

Tomhir, ainda inconformado, respondeu:

— Você está pedindo para repetirmos os feitos de Grathal Kaar, Kurts? Isso não é nada razoável.

Tomhir apontou para Navath, que acompanhava tudo de forma introspectiva, e Kurtshov replicou:

— A garota está demonstrando mais coragem do que você, Tom. Se quiser ficar e tentar a sorte com os saqueadores do deserto, fique à vontade.

Kurtshov sabia que o rapaz o seguiria e iniciou a caminhada sentido sul, onde podia ver uma série de dunas ao longe na imensidão arenosa, sob o céu azul no qual o sol ardente brilhava a pino, de forma incômoda para os habitantes das Terras Altas. Como previsto, Kurtshov ouviu a voz queixosa do jovem capitão praguejar em tom contido ao segui-lo deserto adentro.

O restante do grupo observava os dois se afastarem pelas areias quentes. Em seguida, voltaram-se para o Guardião do Norte, procurando o parecer de Krohagen, que, após breve reflexão, disse:

— Kurts pode ter razão. Devemos encontrar o próximo estágio da peregrinação de Grathal Kaar e, talvez, um portal que nos leve de volta.

— E se não encontrarmos? — rebateu Valikhur, zangado.

— A seta mostrou o caminho. Grathal Kaar não montaria uma armadilha. Deve haver algo ao sul. Sejamos otimistas, amigos — disse o Guardião, de forma positiva.

— Você também está obcecado por encontrar o esconderijo de Kaar, Krohagen. Precisamos ter prudência — concluiu Jehalli, mas, dando-se por convencida, anunciou para os outros: — Encham seus odres. E tomem devagar.

Assim, os quatro foram até a beira do rio captar água e logo seguiram o conselheiro e o capitão, que iam adiantados.

10

DESBRAVADORES

Conforme os pés pesados se habituavam às areias finas do deserto, e as mentes, à ideia de seguir rumo incerto em área tão inóspita, Krohagen tentou atenuar a tensão no ar:

— Vocês são os primeiros comongus a planoportar, sabiam?

— O que é um comongus? — questionou Tomhir, sem entender, enquanto o Guardião acendia seu cachimbo.

— É a forma pejorativa como os Guardiões chamam os que nunca despertaram. Eles nos menosprezam, percebe? — respondeu Kurtshov, ultrajado.

— Perdão, amigos. Não é como meu irmão fala. É apenas um termo carinhoso de minha Ordem. Às vezes, precisamos nos referir aos não feiticeiros, e esse termo existe há muito tempo — retificou Krohagen com uma risada amigável.

— Quer dizer que isso nunca havia acontecido? — seguiu Tomhir, interessado.

— Jamais. Seus nomes entrarão para a história — explicou Krohagen, animado.

— Se é que alguém vai contar nossa história... — comentou Jehalli, de forma menos otimista.

— Vejam, até mesmo para um feiticeiro poderoso e experiente, o planoporte é uma tarefa árdua — emendou Krohagen, ainda tentando animar a todos.

Tomhir e Navath prestavam atenção na explicação do Guardião do Norte. O restante do grupo se distraía com a areia, o calor e as dunas menores ao redor enquanto as maiores marcavam o horizonte.

— Quanto maior a distância percorrida, maior o consumo de energia. Uma viagem dessa para um único feiticeiro já seria um feito e tanto, quem dirá trazer mais cinco viajantes consigo. Estes portais arsimérios são realmente artefatos poderosíssimos — anunciou o criomante.

— Qual foi a maior distância que o senhor já planoportou? — quis saber Tomhir, impressionado.

— Fui do Reduto do Vale Ocidental até a Garganta Hibernal. Mas me custou dois dias de recuperação — respondeu o entusiasmado Krohagen.

Kurtshov suspirou em chacota.

— Em estado de sono latente, mestre? — soltou Navath, em voz baixa.

— Sim, querida pupila. Como sabe, cada esforço mágico consome um pouco de nossa energia elemental, o que resulta em cansaço de nosso corpo, mas principalmente a exaustão de nossa essência — explicou ele.

Ela, intrigada, seguiu o questionamento:

— O que acontece se nossa reserva elemental acabar durante um feitiço?

A expressão do feiticeiro se tornou pesada e ele explicou, em tom sério e enfático:

— Se extravasamos nossa reserva energética, pagamos o feitiço com nossa própria força vital. Não é nada bonito e deve ser evitado a qualquer custo.

O anúncio de Krohagen deixou Navath pensativa ao que Tomhir, deslumbrado, abordava o conselheiro:

— Somos os primeiros a planoportar, Kurts!

Distraído com suas próprias preocupações, rebateu de forma apática:

— Tenho certeza de que lhe renderá fama e longas conversas na caserna.

O silêncio, porém, logo voltou a reinar conforme suas bocas secavam, seus olhos ardiam e suas peles queimavam.

O grupo caminhou sem parar durante a tarde quente. Krohagen olhava espantado as dunas colossais que os cercavam e os faziam se sentir como formigas em um mundo de gigantes enquanto o irmão torcia para que nenhuma daquelas montanhas de areia cobrisse seus destinos. Kurtshov também se lembrava dos répteis e aracnídeos exóticos e desproporcionais que habitavam o velho deserto intocado e achou melhor focar os pensamentos em sua busca.

Seguiram até o fim da tarde naquele cenário escaldante e quase imutável de areia e céu azul. Krohagen era o que mais sentia os flagelos da temperatura alta. O Guardião do Norte parou seu caminhar junto do irmão. Ambos tomavam o resto da água de seus odres; Navath procurava verificar o estado de saúde do tutor. O sol se punha aos poucos a oeste, e Kurtshov anunciou que a temperatura deveria baixar bastante durante a noite. Jehalli observava ao redor à procura de qualquer sinal de civilização.

— Ei, capitão, por que não trouxe o elmo de bronze de Caedhur? — perguntou Jehalli, preocupada com a vermelhidão no rosto de Tomhir, enquanto descansavam.

— Atrapalha minha visão — soltou ele, limpando a testa sem olhar para ela.

— Mentira. Estraga seu penteado — interveio Kurtshov.

O grupo não sabia se o conselheiro falava sério ou caçoava do companheiro, que logo mudou de assunto:

— Valikhur, está sofrendo, homem? Por que não remove parte da armadura?

O capitão percebeu o velho guerreiro nordestino caminhando atrasado, sozinho, ofegante e pingando suor. E de lá ele bradou:

— Um Urso Fiel jamais anda desguarnecido, mesmo que minha couraça seja o forno da minha carne!

E riu. Mas Kurtshov logo emendou:

— Ora, Valikhur, atenda Tomhir e nos deleite com seus ombros largos e peitoral firme — riu ele.

O jovem capitão ruborizou com a cara fechada.

— Não tomem toda a água. Precisamos guardar para o retorno — alertou Tomhir, transtornado, mudando de assunto.

— Estamos perdidos no deserto escaldante e sem provisões. Logo estaremos na presença dos Antigos, rapaz — retrucou Valikhur, mais atrás.

Ele tinha um sorriso macabro no rosto ao olhar para os colegas adiantados, porém Krohagen acalmou o capitão, anunciando:

— Água não será nosso problema. Não enquanto eu tiver energia.

Quando o capitão se preparava para se manifestar, a jornada foi interrompida com o cair da noite escura sob a lua nova.

Jehalli, um pouco adiantada, notou um movimento não natural na areia ali, como uma turbulência.

— Tem algo estranho aqui. Preparem-se — sussurrou ela, sacando seu arco.

Krohagen aguçou sua percepção elemental em busca da causa daquilo e Valikhur seguiu lento e atrasado sem ouvir o alerta. Para o espanto de todos, ocorreram diversas explosões de areia no chão ao redor do grupo. De forma sincronizada, várias figuras estranhas saltaram debaixo da areia contra eles. O primeiro surgiu em um pulo, investiu contra Tomhir, tomando sua tocha e a levando consigo para baixo da areia. O segundo arrancou o lampião de Valikhur de seu cinturão, também afundando na areia. O terceiro agarrou o cajado de Krohagen e quase levou o feiticeiro consigo para o subsolo arenoso. Tudo ocorreu em um piscar de olhos, surpreendendo o grupo e o deixando quase sem visibilidade.

— O que é isso?! — gritou o capitão, assustado, ao que a equipe se colocava em guarda.

— São os slithianos. Precisamos de luz, já! — anunciou Kurtshov, de forma sombria.

Os heróis estavam no escuro absoluto do deserto. As três figuras levaram consigo as fontes de luz, mas a reação de Krohagen ao se ver sem seu cajado admirou o grupo, acendendo não apenas luz, como a coragem em seus corações.

O Guardião do Norte, enfurecido pelo roubo do cajado, passou a projetar uma luz tão intensa de seus olhos, que iluminou os companheiros perto de si. Seu corpo levitou alto, tomado por uma aura energética cintilante. Partículas congeladas emanavam dele de forma violenta, e ele gritou com ódio:

— Mãe hibernal, conceda-me poder para punir tal ousadia! Ninguém separa um Guardião de seu cajado!

Em seguida, ergueu as duas mãos envoltas por energia elemental em um único movimento atroz e as areias sob ele passaram a tremer. Um urro horripilante de dor foi ouvido debaixo delas e uma nova explosão arenosa ocorreu. Dessa vez, o que saiu dali foi o cajado do criomante, totalmente coberto por uma grossa camada de gelo. Para o espanto de todos, a mão e o braço ensanguentados do ladrão ainda estavam presos à arma, congelados. O bordão mágico atendeu ao chamado e retornou ao seu dono, que o empunhou, orgulhoso. Logo a arma voltou ao estado normal e os restos caíram no chão.

— Eu vos desafio, bestas abissais! Tentem tirar Eixo Glacial de mim! — gritou ele, enfurecido.

O momento de triunfo foi interrompido pelos berros poderosos de Valikhur, ao longe. Os aventureiros não conseguiam enxergá-lo, apenas ouviam um som de combate feroz. O feiticeiro bradou alto, gastando mais energia elemental:

— *Winvern!*

Assim a ponta de seu cajado se tornou uma pequena estrela de luz azulada, iluminando um amplo raio ao seu redor.

O grupo testemunhou o enorme Urso Fiel engalfinhado contra os inimigos. Sua armadura estava coberta de sangue e de um líquido viscoso e escurecido. Ele usava seu martelo em uma mão e o machado na outra. Não teve tempo de sacar sua enorme arma das costas e combatia com as menores, que carregava no cinturão. Valikhur golpeava de forma frenética, sem se preocupar com sua defesa.

Os heróis puderam enfim ver o que os atacava de maneira tão sorrateira e eficiente na escuridão das areias orientais.

As criaturas eram esguias, de envergadura avantajada, porém não tão grandes quanto um ultherano. Magras, com musculatura saliente sob a pele amarelada, escamosa e espinhosa, possuíam tronco e membros compridos, mãos grandes, com garras, e pescoço igualmente alongado e curvado. A cabeça lembrava a de uma pessoa, mas tinha mandíbula superdesenvolvida, orelhas enormes, olhos pequenos e fundos, nariz rígido, quase fechado, e nenhum pelo ou cabelo. Saltavam alto, impulsionadas pelas pernas articuladas e pés enormes, e atacavam o resistente guerreiro com armas rústicas. Usavam vestes exóticas, compostas de farrapos, ossos e lascas de pedras. Não parecia haver distinção de gênero. Elas evocavam de suas gargantas bizarras gritos de guerra medonhos.

O homenzarrão, cercado, ao recuperar a vantagem da visão, exclamou, tomado por ira:

— Agora vocês sofrerão a fúria da vingança ultherana!

Ele ria enlouquecido. A primeira besta estocou Urso Fiel com uma adaga na altura do pescoço, um golpe certeiro cujo alvo era a brecha na armadura de Valikhur, que ergueu o braço esquerdo num gesto rápido, bloqueando a investida com a manopla reforçada, enquanto com o braço direito executou um movimento diagonal de cima para baixo, atingindo no pescoço, com seu machado de mão, uma segunda criatura que se aproximava. A cabeça foi destacada por completo do corpo, espirrando seu líquido vital para o alto como um chafariz, ao mesmo tempo em que o primeiro atacante, com a adaga, forçou Valikhur para o lado oposto, contra uma terceira besta, que investiu usando uma lança. Mas ela desferiu um golpe horizontal previsível, do qual o Urso Fiel se esquivou, ágil. Em seguida, descendo a mão esquerda, acertou a cabeça do atacante com seu martelo. O crânio afundou e a criatura tombou à sua frente, inerte.

Então um quarto oponente o acertou de surpresa, aterrissando sobre o homem com um facão rústico, rasgando fundo seu queixo, produzindo um esguicho de sangue e riscando a couraça de ferro do Urso Fiel da gola até a barriga. Valikhur sentiu a pancada, ficou atordoado, no entanto aquilo não era o suficiente para frear o destemido e experiente guerreiro, que já estava habituado com os flagelos do combate. Valikhur tinha sido construído para resistir a tais brutalidades.

Enquanto isso, Krohagen protegia Navath na retaguarda do grupo, que seguia no encalço do corajoso amigo em apuros. O Guardião do Norte estava tomado por energia elemental, que exalava de seu corpo em tom ciano e em forma de cristais e fragmentos congelados. O criomante se esforçava para evocar as forças do inverno em seu auxílio naquele local de calor eterno.

As flechas certeiras de Jehalli atingiram uma das criaturas, que estava prestes a entrar na briga. Ao ser alvejada, a besta ferida mergulhou para dentro da areia. Corajoso, Tomhir se juntou ao combate, gritando e batendo sua maça facha contra seu escudo em uma tentativa de chamar a atenção dos hominídeos que se aglomeravam sobre o Urso Fiel. Um dos salteadores aterrissou inadvertidamente sobre ele. Com seu escudo, o ágil capitão se protegeu do brutal ataque de lança e, quando foi retaliá-lo com sua maça, a criatura submergiu nas areias à sua frente.

Nesse meio-tempo, Kurtshov tentava livrar Urso Fiel, brandindo sua espada bastarda, dilacerando as criaturas ao redor de Valikhur. Mas logo que perceberam a estratégia, as bestas passaram a entrar na areia e saltar contra ele, atrapalhando seus movimentos e o forçando a recuar para evitar ser estocado por uma lança. Do outro lado, as flechas de Jehalli atingiam os inimigos que permaneciam parados tempo suficiente para que ela pudesse mirá-los ou prever seus movimentos.

Foi quando uma das bestas atacou Navath e Krohagen, que estavam isolados. Ela surgiu, sorrateira, do interior das areias por baixo de Navath, agarrou suas pernas, e a jovem gritou, aterrorizada. A arqueira Farenheimn, alerta, virou e atirou com destreza sem igual. Sua flecha atingiu o pescoço da criatura, que, agonizante, sumiu nas areias.

— Estamos sendo vencidos! — gritou Jehalli para Krohagen, assistindo Kurtshov e Tomhir retrocederem juntos frente aos saltos caóticos dos oponentes, enquanto Valikhur ia resistindo, bravamente cercado adiante.

Do lado oposto, o Urso Fiel recebia duros golpes das lanças e punhais dos slithianos e alguns chegavam a penetrar suas guarnições. Ele terminava de descer seu poderoso golpe de martelo mais uma vez, atingindo sobre o crânio um dos que se aproximava, explodindo sua cabeça e espalhando estilhaços de ossos, pedaços de miolos e muito sangue para todos os lados, ao passo que brandia seu machado na horizontal com a outra mão, afastando os demais. A cada golpe que aplicava, Valikhur sofria três.

Entretanto, ao que o guerreiro nordestino, em frenesi, urrava como um urso, expelindo saliva e sangue de sua boca enorme, mais um monstro caía morto aos seus pés, vítima da larga e pesada lâmina de seu machado tingido de vermelho. O berro desumano do Urso ecoou pelas dunas, assustando os presentes, que o viam iniciar sua investida usando as duas armas contra o próximo oponente. O Urso Fiel apresentava um sorriso cruel e trazia um olhar perverso no rosto espremido pelas rugas de sua expressão odiosa conforme tomava consciência de seu fim e previa a atrocidade que desejava fazer com as últimas criaturas asquerosas que atingiria antes de tombar.

As bestas, aterrorizadas, hesitaram por um instante frente ao urro intimidante do ultherano, mas uma havia saltado enfurecida contra o Urso Fiel, com um punhal longo em uma mão erguida ao alto, pronta para descer contra o guerreiro, e uma espada serrada na outra, que vinha de baixo. A criatura executava seu movimento atroz ao mesmo tempo em que o veterano, com seu martelo recém-descansado ao chão sobre os restos mortais da vítima anterior, calculou a aproximação do oponente em um piscar de olhos e ergueu brutalmente sua arma em um movimento pendular de baixo para cima, atingindo o hominídeo no queixo. O ataque deslocou de forma violenta a cabeça do slithiano para o alto, fazendo os últimos sons de seu grito de guerra saírem pela brecha que se abriu em seu pescoço junto de uma cachoeira de sangue.

Contudo, Valikhur recebeu os golpes das lâminas do oponente que havia se atirado sobre ele evitando a couraça, rasgando sua malha, furando sua túnica de couro e penetrando sua carne. Tal golpe enfraqueceu por fim o corajoso e resistente Urso Ultherano. O homenzarrão desacelerou os golpes de suas armas, as pálpebras começaram a cair e os adversários se preparavam para aniquilá--lo enquanto outros voltavam suas atenções para o restante do grupo, afastado.

Foi apenas então que Krohagen havia progredido seu ritual de evocação. Ele pairava no ar, envolto por uma aura gélida. Suas vestes balançavam violentamente com o poderoso deslocamento de ar gerado, seus olhos projetavam energia ao alto e seu cajado estava erguido e cintilava ao passo que ele concluía seu cântico ancestral:

— *Aejel Winvern Olteon!*

Nuvens escuras surgiram de súbito, concentradas sobre eles, ao que um zumbido se fez ouvir ao longe. Relâmpagos azuis estouravam nas alturas, iluminando o ambiente. As nuvens se aglomeravam de maneira violenta acompanhadas de vento crescente. Um uivo grave e ensurdecedor tomou a atmosfera, anunciando o cataclismo por vir.

Assustando a todos, um turbilhão de areia se formou ao redor do feiticeiro, a ventania nortenha invadiu o deserto de forma atroz, trazendo o frio extremo, a neve pesada e desafiando o calor soberano do oriente.

Para o terror e surpresa dos hominídeos, a nevasca violenta os atingiu em cheio.

— Conheçam a ira vingativa hibernal que trago dos picos gélidos de Ulther, criaturas nefastas!

Ele então levitou ainda mais alto, de onde podia ter uma boa visão do campo de batalha. Enquanto isso, os companheiros, mais habituados com o frio e melhor equipados para receber a nevasca, protegeram-se junto de Navath, onde o efeito não seria tão nocivo.

Os slithianos estavam apavorados com a calamidade inédita para eles. Alguns corriam atordoados, outros tremiam, já em estado de hipotermia, e apenas alguns foram capazes de submergir.

Krohagen, com intenção de salvar Valikhur, apontou seu cajado contra os oponentes mais próximos do guerreiro moribundo e ergueu a mão com ira. Como resultado de sua evocação e acúmulo de energia elemental, estalagmites pontiagudas surgiram do solo, empalando as criaturas sem piedade. Gritos horripilantes de dor e de agonia castigavam os ouvidos dos heróis. As criaturas batiam em retirada, mas não sem levar consigo um espólio de combate.

O grupo testemunhou, em horror, meia dúzia de hominídeos parcialmente emergindo das areias agarrar as pernas do Urso Fiel e o arrastar para as profundezas arenosas do deserto. Dessa forma, o veterano sumiu engolido pelas areias, assim como os últimos slithianos.

11

O RESGATE

— Não! — gritou Jehalli, inconformada.

Ela e o capitão Tomhir correram naquela direção e logo passaram a cavar as areias com as próprias mãos, desesperados atrás do Urso. Enquanto isso, o criomante desceu das alturas, exausto. Navath prontamente acudiu o tutor, e Kurtshov se aproximou, preocupado.

— Temos de resgatar Valikhur — anunciou Krohagen, ofegante e com um joelho ao chão.

— Consegue continuar? — questionou o irmão, ajudando-o a se levantar.

— Sim. Vamos!

E assim os três se juntaram à rastreadora e ao capitão.

Entre os corpos dos slithianos, restara uma grande concavidade na areia, por onde Urso Fiel fora sugado.

Navath avisou ao mestre, em voz contida:

— Estamos perto de onde Pravell viu Grathal Kaar sumir.

Kurtshov saltou para dentro da escavação junto dos dois aflitos aventureiros. Em seguida, afundou a longa espada bastarda na areia, até que a sentiu tocar um obstáculo.

O conselheiro anunciou:

— Tem algo aqui. Navath, venha ajudar a cavar! — Acenou para a jovem ainda junto de Krohagen.

O Guardião do Norte, mesmo cansado, passou a mão energizada na ponta de seu cajado. Em seguida, lançou sobre ele uma baforada gélida que magicamente evocou uma plataforma congelada na ponta, transformando-o numa grande pá.

Dessa forma, eles logo acessaram um grande alçapão de madeira velha metros abaixo. Kurtshov, com pressa, agarrou a argola de ferro para abrir a porta, mas foi interrompido pelo feiticeiro espantado.

— Espere. Mais uma inscrição elemental.

E logo repetiu seu ritual de revelar as runas encantadas ali. A mensagem, mais uma vez gravada com fogo, era a seguinte:

Cuidado! Traga luz.

G. K.

Krohagen, preocupado, certificou-se de que seu colar estava à mostra, deixando a gema brilhante bem exposta, e intensificou a luz projetada por Eixo Glacial. O bom feiticeiro dava indícios de que os gastos energéticos dos feitiços recentes lhe custavam caro. Ele acenou positivamente ao irmão, que abriu a escotilha e saltou para dentro de forma destemida e apressada.

O grupo desceu por um túnel cavernoso, íngreme e tortuoso, liderado pelos irmãos. Conforme progrediam, ouviam o som medonho produzido pelos hominídeos ecoarem cada vez mais próximo. Ao fim do túnel apertado e escuro, atingiram uma enorme caverna e puderam detectar restos mortais espalhados pelo chão: lascas de ossos, unhas, dentes, além de espadas quebradas e machados sujos com sangue seco. Mais à frente, avistaram o restante dos slithianos amontoados sobre Valikhur, despindo-o de suas várias camadas de proteção.

O perspicaz Kurtshov, o primeiro a entrar, logo reparou que as bestas subterrâneas guardavam naquele local suas conquistas e consumiam ali suas presas. Ele sacou a espada bastarda e a empunhou em posição ameaçadora e com olhar aterrorizante, enquanto o irmão, ao seu lado, projetou com intensidade, de seu bordão mágico, um amplo feixe gelado de luz ciano contra o bando.

As criaturas chiavam, tremiam e cobriam os rostos agredidos pela rajada hibernal do criomante. De repente, uma das bestas caiu no chão, estática. As outras perceberam uma flecha atravessada em seu crânio. Em seguida, mais flechas certeiras da arqueira passaram a chover nos slithianos. Sem ter onde mergulhar, as criaturas ancestrais bateram em retirada, entrando em túneis menores espalhados pelas paredes rochosas, abandonando o corpo do Urso Fiel parcialmente despido.

Krohagen e Navath correram até o velho guerreiro nordestino no chão. Tomhir se aproximou de Kurtshov e soltou, de forma contida:

— Fugiram? Acha que é uma cilada?

Kurtshov, astuto, observava tudo ao seu redor enquanto respondia:

— Os slithianos nunca lutam no plano sólido, apenas saltando e mergulhando. Escolhem a vítima isolada e derrubam uma a uma. Não lutam contra grupos. Além disso, acredito que a luz e o frio extremo provocado por Krohagen são desvantagens demais para eles.

O conselheiro seguiu para o lado oposto da caverna, afastando-se de onde Navath e Krohagen atendiam o moribundo. Ele percebeu uma carcaça recente ali.

Jehalli e o capitão se entreolharam. Ela o aguardou agir e, sem dizer nada, o jovem seguiu o conselheiro. A arqueira observou ambos com desconfiança por um instante e seguiu para junto dos feiticeiros, preocupada com seu bom amigo Urso Fiel.

O velho guerreiro ultherano estava coberto de feridas, cortes e hematomas. Navath mantinha as duas mãos espalmadas sobre seu amplo tórax, emitindo uma sutil luz esverdeada. O grande ultherano se esforçava para se pronunciar:

— Contem para Malvelle como morri. Contem para meus filhos exatamente como foi. Contem aos outros Ursos que urrei até o fim e nunca me ajoelhei.

Jehalli mordia os lábios tentando conter a emoção, e pequenos cristais rolaram dos olhos de Krohagen. A jovem Navath, por outro lado, esforçava-se na tentativa de resgatar o companheiro do Vale dos Esquecidos.

Enquanto isso, do outro lado da caverna, Tomhir havia acendido sua tocha a pedido de Kurtshov. Ele a havia encontrado entre os espólios dos slithianos. O conselheiro observava a carcaça ainda fresca, com restos de órgãos expostos e sangue coagulado, assim como boa parte da pele e musculatura consumidas.

— Pelo tom de pele e estatura, acredito que seja Hortug — anunciou o conselheiro, examinando o cadáver.

— Impossível ter certeza, está em estado horrível — contestou Tomhir, cobrindo o nariz.

— Sim, mas que outro homem de pele clara e desse tamanho estaria no meio de Khol Naduf, a semanas de viagem de Ulther? Seria muita coincidência este ser outro ultherano — respondeu o conselheiro, afastando-se do corpo e seguindo para uma pilha de entulhos.

Tomhir, pensativo, observou os passos de Kurtshov, até que o conselheiro começou a mexer em algo sem dizer nada.

A mudança no comportamento de Kurtshov atraiu a aproximação do capitão. Kurtshov investigava a pilha de itens e retirava dali o tabardo de Caedhur e o elmo bronzeado sob o olhar de Tomhir, então junto dele. Era a prova de que aquele era Hortug. Kurtshov não anunciou seu achado e se pôs a revirar os entulhos de jeito frenético, provocando confusão e dúvida no capitão, até que veio a resposta. Kurtshov moveu as peças de roupa e a cota de malha até encontrar, sob o amontoado de coisas, a adaga escura de pedra lascada.

– *Kurtshov.*

O conselheiro ouviu seu nome ecoando por mil vozes uníssonas dentro de sua mente. Arregalou os olhos e se esticou para sacar o item sem ser percebido. Entretanto, outra mão agarrou a adaga junto dele.

– Tomhir?

O conselheiro se espantou ao ver o capitão saltar de forma violenta para apanhar o artefato do chão. O capitão, em um silêncio estranho, encarava-o com olhar odioso e tentou puxar a adaga para si. Por instinto, Kurtshov puxou o braço com força ao mesmo tempo em que, com o outro, empurrou o jovem capitão para longe.

Tomhir cambaleou para trás, quase caindo. Kurtshov escondeu o item dentro de sua túnica, ocultando também o furacão de emoções que sentia. Encarou Tomhir com seu olhar petrificante enquanto o capitão o encarava de volta e estava prestes a saltar contra o companheiro, quando Kurtshov, de forma imperativa, alertou:

– Tomhir. Recomponha-se, homem, não quer acabar como Kelvaj, não é mesmo?

O capitão refletiu, introspectivo, por um instante, sacudiu a cabeça, levou as duas mãos ao rosto e se afastou em silêncio. Tomhir lutava contra uma vontade estranha e inexplicável que lhe tomava de forma violenta, vinda das entranhas, que o instigava a tomar o item para si, mesmo que para isso tivesse de ferir aquele por quem tinha tanto carinho e afeto. O resiliente jovem soldado buscava forças em sua essência para combater tal sugestão maligna.

Kurtshov também refletiu sobre o que tinha acabado de fazer. Havia ameaçado matar o amigo de maneira fria. Ele não era o homem mais afetuoso de Ulther, mas estava longe de ser um assassino ou um tirano. Tais reflexões foram substituídas pela emoção de ter conquistado o artefato poderoso escondido por Grathal Kaar. Kurtshov comemorou em silêncio seu triunfo. Estava em posse do que seria talvez a relíquia mais poderosa de Soltin. Ansiava por retornar a Caedhur e poder estudar e explorar aquele item de energia pulsante.

Olhou para os lados, preocupado, e logo se sentiu aliviado ao perceber que o restante do grupo estava atento a Valikhur enquanto Tomhir, que ainda demonstrava aflição, cobria as orelhas com as mãos, apertava os olhos e contorcia o rosto.

12

EXPLORANDO O COVIL

A jovem mística se esforçava para salvar o amigo. Suas mãos tremiam, canalizando energia contra o imenso corpo do poderoso combatente. Lágrimas escorriam de seus olhos, que emitiam um feixe de luz esverdeada. Ela estava ofegante e começava a grunhir e a gemer como resultado do enorme esforço executado.

— Foi uma honra lutar ao lado de um Guardião do Norte e de uma Farenheimn. Agora conquistem os segredos de Grathal Kaar e impeçam a invasão kasporiana — proclamou o homem, com dificuldade.

Krohagen, emocionado, segurou a mão do amigo com força.

— Nós tivemos sorte em ter um amigo tão leal ao nosso lado. Os Antigos ficarão orgulhosos em recebê-lo. — Jehalli enfim deixou escapar soluços chorosos enquanto os olhos de Valikhur se perdiam no infinito. Krohagen os fechou devagar, proferindo:
— Nossas essências se encontrarão outra vez, meu amigo.

Navath, aos prantos, esforçava-se para retornar Urso Fiel ao plano físico de existência quando Krohagen passou o braço por sobre seus ombros com carinho, beijou sua cabeça e avisou:

— Descanse, criança. Este velho Urso agora hiberna eternamente.

Ela cessou a canalização energética ao ouvir as palavras do mestre e seu corpo amolecido cedeu sobre o dele. Ela estava exaurida, havia se desgastado muito mais do que já havia feito e balbuciou:

— Perdão, mestre. Perdão, senhora Farenheimn. Não sou forte o suficiente...

Ao que o Guardião do Norte interveio, de forma afetuosa:

— Ainda, minha cara aprendiz. A diferença entre curar um coelho de dois quilos e um ultherano de quase duzentos é enorme. Tenha paciência. Com o tempo você aprenderá a controlar e a manipular seus poderes.

Kurtshov chegou seguido de Tomhir e, em silêncio, ambos observaram a cena com respeito. Jehalli se levantou e, ao ver o conselheiro, esbarrou contra ele, bradando:

— Esta sua aventura saiu muito mais cara do que qualquer velharia de um bruxo antigo que encontremos.

A desbravadora seguiu caminhando no sentido contrário do buraco por onde tinham entrado. Krohagen auxiliava Navath, mesmo ele também fatigado pela exaustão energética.

— Espero que encontremos o que procura. Espero também que você esteja certo, irmão — avisou ao conselheiro, saindo dali.

Tomhir observava o companheiro, aguardando uma reação daquele homem que sempre dava a última palavra. Mas Kurtshov apenas permaneceu em silêncio, observando o corpo no chão. Em seguida, o olhar do jovem capitão foi atraído de forma inadvertida para o interior das vestes de Kurtshov. Ele sentia o chamado irrecusável, porém lutava para resistir. Sem perceber, aproximava-se do conselheiro, que se virou para Tomhir, encarando-o de forma macabra. O jovem capitão freou, como que recobrando a consciência, e se afastou, preocupado com a tentação que o atormentava.

O curioso Krohagen seguiu devagar, cabisbaixo e entristecido para a pilha de entulhos no canto oposto para averiguar e procurar algo importante ou uma pista.

— Sei que já vasculhou, irmão. Agora me diga, encontrou algo relevante?

Navath o seguiu, evitando olhar para a carcaça aberta no caminho.

— Nada importante — disse Kurtshov, aproximando-se.

Ele encarou Tomhir com seu olhar penetrante de olhos apertados e sobrancelhas anguladas, e o jovem capitão compreendeu a mensagem.

O Guardião do Norte investigava e a jovem o ajudava a revirar roupas esfarrapadas, armas enferrujadas, malhas de metal desgastadas, livros deteriorados e mochilas vazias, até que Krohagen encontrou um velho baú cheio de cadernos empoeirados e pergaminhos.

— Minha percepção arcana nunca falha — anunciou ele ao abrir o recipiente antigo.

Em outras circunstâncias, tal anúncio seria feito de forma festiva, contudo, ali, foi em tom contido e deprimido. Ambos analisaram o conteúdo daqueles escritos rapidamente. Krohagen guardava a maioria em seu bornal com cuidado, até que um deles chamou sua atenção.

— Este é muito antigo e valioso. O feiticeiro que registrou este ritual era abençoado pela mesma padroeira que você, Navath. Acredito que posso ajudá-la a aprendê-lo.

Ele entregou o velho pergaminho para a pupila, que o aceitou de forma protocolar, ainda comovida.

— Obrigada, mestre. Não compreendo estes registros, mas vou me esforçar para aprendê-los logo e deixá-lo orgulhoso.

Ela encarava as inscrições e os diagramas antigos registrados no velho papel. A cena foi interrompida por um assovio seguido de um anúncio em tom de represália:

— Ei, o que estão esperando? Vamos, achei um caminho!

Jehalli acenava com uma das mãos para que a seguissem e, com a outra, segurava uma tocha improvisada.

Conforme a batedora guiava o grupo pelos corredores escuros e sinuosos, Krohagen tentava distrair a si mesmo e à pupila da recente perda. Ele explicava com dedicação extrema o feitiço para a jovem, que ouvia com atenção e afinco. Kurtshov seguia atrasado, pensativo, calculando todas as futuras possibilidades agora que o artefato de poder estava em suas mãos.

O capitão Tomhir, com expressão entristecida, emparelhou com o conselheiro. Ao perceber que estavam bastante afastados e o grupo estava distraído, aproximou-se, encostando o ombro no de Kurtshov. O conselheiro não esboçou reação até que Tomhir afagou sua mão com a própria e sussurrou:

— Eu sei o que o atormenta, Kurts. Também sinto o chamado, a tentação...

O conselheiro, despertando de seu transe introspectivo em um rompante, bradou:

— Deixe-me!

Ele tinha um olhar ainda mais sinistro do que o normal. Todos olharam para trás por um instante. A reação de Kurtshov provocou estranheza e medo no rapaz, que, desconcertado, acelerou para a frente do grupo, para junto de Jehalli. O conselheiro não era do tipo sensível e afetuoso, porém aquilo era diferente e inédito.

Kurtshov tentava se concentrar em seus planos, mas, além disso, tentava focar na voz, que quase conseguia ouvir ecoar em sua mente e depois silenciar. Que mensagem tinha para ele? O astuto conselheiro suspeitava que estava associada à relíquia que trazia oculta e ficava cada vez mais ansioso para desvendar seus segredos e seu potencial.

Durante o caminho, Jehalli percebeu pinturas rupestres nas paredes do túnel rochoso. Ela sinalizou para os de trás, contudo Krohagen e Navath estavam muito dedicados a compreender o encantamento no pergaminho. Kurtshov, por sua vez, mantinha-se estranhamente introspectivo e pensativo, às vezes dando alguns passos de olhos fechados, como se tentasse aguçar a audição. Apenas o jovem capitão deu atenção aos desenhos pintados com tinta vermelha escura nas pedras. Tratava-se da representação muito primitiva de alguma besta ancestral. Parecia ter duas cabeças, rabos, várias pernas e braços. Ao seu redor, estavam pintadas pessoas deitadas. Tomhir custava a compreender tal desenho medonho até o ponto de ficar perturbado, mas era uma forma de evitar pensar no maldito punhal, cujo toque desejava sentir em suas mãos.

Ao fim do trajeto, a rastreadora os levou até uma ampla gruta coberta por estalactites e um pequeno corpo d'água. Porém, o que chamou a atenção dos heróis foi o grande ídolo bizarro construído com paus, pedras lascadas, palha e ossos de animais. Tomhir o reconheceu como a mesma figura mitológica representada nas paredes.

— Os slithianos cultuavam uma espécie de besta lendária — arriscou Krohagen, boquiaberto com a imagem titânica à sua frente.

— Não. Nunca li ou ouvi falar sobre nada assim. Isso é uma peculiaridade deste grupo específico — refutou o irmão, baseado em seu vasto repertório.

— Eu gostaria que Taellana estivesse aqui para ver isso — soltou o Guardião do Norte, de forma reflexiva.

— Para onde vamos? — questionou Tomhir, apreensivo.

— Parece que a grande exploradora nos trouxe para um local sem saída — respondeu Kurtshov em tom sarcástico.

— Engana-se, conselheiro. Todos os rastros seguem nesta direção. Tanto os dos slithianos quanto os outros. Estou disposta a apostar que vamos encontrar passagem aqui — rebateu Jehalli, irritada.

Krohagen então deu seu parecer:

— Pode ser, mas sugiro fazer isso após descansarmos. Uma boa noite de sono fará bem para melhorar nossos ânimos e recompor nossas mentes.

Ele piscou para Kurtshov, que suspirou e acenou em concordância.

13

REPOUSO PERTURBADO

Um clima fúnebre e depressivo reinou entre eles ao pararem de caminhar e começarem a pensar em seus descansos ali. Enquanto Tomhir ajudava Jehalli a preparar uma fogueira, a desbravadora percebeu o estado de tristeza do jovem soldado e questionou:

— Não sabia que Valikhur era tão importante para você também.

— Não era. Eu só o conheci ontem — respondeu ele, desanimado.

O capitão parecia ter mais a dizer, mas pausou, reticente.

— Então por que esse luto todo? Você é o capitão da guarda de Caedhur. Deve estar acostumado com a morte e a perda — insistiu Jehalli.

O rapaz soltou um sorriso irônico e voltou para a expressão triste.

— Só atingi esse posto porque Kurtshov me indicou há alguns invernos, quando o antigo capitão faleceu. Ele precisava de um capitão que pudesse manipular. Percebi isso tarde demais...

O jovem mais uma vez pausou seu discurso, deprimido, ao passo que a arqueira o encarava, compadecida.

— Ora, Kurtshov não é burro, ele conhece suas virtudes e isso teve peso em sua indicação — argumentou a batedora, após refletir um pouco.

— Sou uma piada. Se um guerreiro forte e experiente como Urso Fiel caiu, imagine o que será de mim. Ele é quem deveria estar aqui com vocês, não eu — rebateu o jovem.

— Pare de pensar mal de si mesmo, homem. Eu o vi lutar. Vi você combatendo corajosamente criaturas abissais que fariam muitos ultheranos borrarem as calças — repreendeu Jehalli, em tom firme.

Ele sorriu de forma condescendente e soltou:

— Sinto que serei o próximo. Sinto os Antigos ao meu redor, prontos para me levar com eles para o Vale dos Esquecidos.

Jehalli, que terminava de acender a fogueira, aproximou-se dele e o alertou, de forma imponente:

— Trate de se acalmar e de se recompor, capitão. Precisamos de você para o fim da jornada. Precisamos poder contar uns com os outros para sairmos dessa todos juntos. — Ele gesticulou positivamente para dar o assunto por encerrado e ela exclamou: — Força, homem!

E observou o jovem capitão caminhar a passos lentos na direção de Kurtshov, que arrumava um canto para dormir afastado.

Krohagen não fazia questão do calor da fogueira, mas se aproximou com Navath para dividir as escassas provisões da prevenida exploradora. Jehalli assistia em silêncio à conversa do mestre e da pupila. Ela pôde entender, pelos ensinamentos, que o pergaminho trazia as instruções para um ritual de proteção escrito pelos primeiros ultheranos, chamados de desgarrados, ou talvez até mesmo pelos arsimérios. Seria útil, caso passassem por outra situação de combate, porém cobraria uma quantia grande de energia da feiticeira aprendiz.

Ao fim dos últimos detalhes dos ensinamentos, Krohagen, percebendo a afeição fraternal entre as duas mulheres, questionou Navath enquanto acendia seu cachimbo:

— Agora que será minha aprendiz, conte-me sobre você, garota. Como conheceu os Farenheimn e foi parar em lugar tão perigoso?

Jehalli esboçou um sorriso, mas logo fechou a cara e permaneceu ouvindo a resposta da garota, que se sentia mais à vontade com Kurtshov e Tomhir afastados.

— Bem, senhor Krohagen. Meu pai era um bruxo das tribos ocidentais. Minha mãe era irmã de Halgeria, a esposa de Kurtshov. Meus avós maternos jamais aceitariam uma criança bastarda na família, muito menos a filha de um desgarrado. — A garota falava com tranquilidade, no entanto pausou em silêncio. Ele afagou seu ombro com sua mão gelada. — Minha mãe morreu me trazendo ao mundo. Fiquei aos cuidados da criada de meus avós até poder andar e falar. Foi quando Jehalli estava recrutando em Caedhur e eles me entregaram aos seus cuidados — retomou ela, um pouco desanimada e em tom contido.

— Mesmo no posto avançado de Colina Nevada, constantemente sob ataque, nós, Farenheimn, educamos e ensinamos os modos nortenhos a Navath muito melhor do que aqueles velhacos teriam feito em suas casas quentes e com recursos abundantes na pacífica Caedhur — acrescentou Jehalli de maneira firme.

Navath sorriu e seguiu:

— Ninguém mais ficaria comigo, uma criança de sangue corrompido. No posto avançado, não existe seleção, somos todos iguais, e lá eu estava contente. Entre guerreiros, guerreiras e aldeões corajosos. Sou muito grata aos Farenheimn.

Ela sorria, emocionada, desviando o olhar de Jehalli, que exclamou:

— Todos são bem-vindos lá!

— Você é uma jovem muito especial, Navath. Uma mulher muito perseverante. Tenho certeza de que seguirá o caminho de Grathal Kaar com maestria sob o olhar orgulhoso de Latyria — concluiu Krohagen, com afeto.

Ele ainda acariciava seu ombro, e ela agradeceu, encarando-o apenas por um instante.

— Obrigada, mestre Krohagen. Suas palavras significam muito.

Depois abaixou a cabeça e uma lágrima caiu de seus olhos.

— Ora, o que foi, querida? — questionou o criomante, percebendo, e concluiu, tentando consolar: — Você fez tudo o que pôde para salvar Valikhur.

— Por favor, mestre, não me entenda de forma errada. Mas tudo o que eu queria era ser uma pessoa comum e levar uma vida normal — explicou ela, reticente e de forma encabulada.

Jehalli levantou as sobrancelhas e torceu a boca por um instante em direção a Krohagen, que abraçou a aprendiz.

— Você foi abençoada por um motivo, Navath. No decorrer de seu caminho, você o encontrará e tudo ficará mais claro.

Ela refletia sobre as palavras do feiticeiro e sobre o constante sonho que tinha, tentando interpretar nele algum propósito em sua vida.

Longe do grupo, Tomhir se sentou ao lado de Kurtshov. O capitão percebia o conselheiro com olhar distraído, distante, mergulhado fundo em pensamentos. Assim foi se aproximando cada vez mais até encostar seu ombro no dele. Tomhir não se importava mais com os presentes ou com o que pensariam dele. Percebendo que Kurtshov não o repreendeu, o jovem se aconchegou no ombro do companheiro. Ainda sem reação, ali permaneceu até que teve coragem de soltar, em voz baixa:

— Sabe, Kurts. Acredito que esta é nossa última noite juntos...

Tomhir aguardava palavras de sabedoria e encorajamento do homem ao seu lado, mesmo que em tom severo e de repreensão, mas queria ouvir sua bela voz e suas frases lógicas e rebuscadas em seu encalço. No entanto, nada recebeu. Kurtshov nem parecia estar ali, apenas seu corpo. A mente estava ausente. De repente, Tomhir foi tomado por uma compulsão irresistível. Ele precisava tomar a adaga do companheiro naquele momento. A maioria das pessoas já teria cedido à influência maligna do punhal; o jovem, obstinado, esforçava-se para se manter firme e resistir.

O conselheiro ouvia seu nome ecoar, e ninguém mais ouvia. Entendia que o artefato se comunicava com ele e sabia que isso tinha significado e importância. Kurtshov acreditava que estava na iminência de se tornar muito poderoso e isso lhe agradava. Enfim pensou que poderia fazer alguma diferença em Ulther e defendê-la da ameaça kasporiana. Em certo momento, ele não se conteve, olhou de forma discreta para dentro de sua túnica e viu a longa e pontiaguda garra negra em forma de adaga presa no cinto. Foi quando, para sua surpresa, todo o ambiente ao seu redor escureceu. Ele não via ou ouvia mais os companheiros. O tempo parecia ter desacelerado em escuridão e, daquela garra de besta desconhecida, ouviu um lamento tenebroso:

— *Kurtshov. Alimente-me!*

O conselheiro, abismado, começou a compreender o preço que ainda teria de pagar para ter acesso ao que tanto queria e se esforçava para conquistar. De repente, tudo voltou ao normal. Ele olhou Tomhir encostado nele, sonolento, mas ao mesmo tempo demonstrando aflição, e ponderou sobre a súplica da relíquia obscura. Seria ele capaz de fazer aquilo? Kurtshov refletia sobre até onde estava disposto a ir para ter poder e ele mesmo começava a se surpreender com as próprias respostas.

Enquanto o conselheiro raciocinava, fazia conjecturas, planejava e por vezes aguardava ouvir algo vindo do artefato ancestral, o restante do grupo pegou no sono de forma desconfortável. Dormiram de qualquer jeito pelas muitas horas seguintes, até que Navath teve um de seus sonhos rotineiros. A jovem despertou assustada, gemendo, e assim acordou Krohagen, que questionou, preocupado:

— O que foi, minha cara?

— Nada, mestre. Apenas um pesadelo — respondeu ela, suada, em volume quase inaudível.

— Você parece muito perturbada — insistiu ele.

— Costumo ter esse sonho. Às vezes ele é um pouco intenso — admitiu ela, esfregando os olhos.

— Nós, Guardiões do Norte, não descartamos os sonhos tão facilmente. Quer compartilhar? — proferiu o feiticeiro, intrigado.

Ela abaixou a cabeça e respondeu:

— Não sei. Se é importante para a Ordem, talvez eu deva me habituar com seus modos...

— Perfeito, agora me conte. Tem a ver com nossa jornada? — incentivou ele, ainda sério.

Com um balançar de cabeça, Navath explicou em voz baixa e envergonhada:

— Vejo uma criança muito diferente, tem a pele muito clara, até para uma ultherana. Olhos azuis brilhantes. Cabelos brancos, sobrancelhas, até o cílios, ainda mais brancos do que os meus. Ela está nua ao relento sob a neve. De repente, cresce. E, conforme cresce, a neve se torna uma nevasca, mas ela pouco se importa. Em seguida, ela enfia a mão dentro de seu próprio peito e dali retira o Sol e a Lua. Segura um em cada mão e parece ter de escolher, parece indecisa entre eles. Então uma voz feminina profere: "Sacrifício é sua herança e seu legado". Hoje o sonho acabou de um jeito diferente. Surgiu uma figura sombria, horrível, hedionda, sinistra. Apareceu de dentro da mulher branca e se atirou contra mim. A criatura suplicava dizendo: "Alimente-me!". E dessa forma acordei, assustada.

Krohagen já estava fumando seu cachimbo, embalado pelo conto da jovem. Ele tinha um olho apertado e o outro arregalado enquanto refletia, olhando o vapor gélido que deixava sua boca.

— Interessante, Navath. O que você sente quando pensa sobre tal mulher e sobre a criatura sombria?

A garota pensou por um instante e disse:

— Sinto uma conexão com a mulher, como se fôssemos ligadas de alguma forma. A criatura me despertou terror absoluto, mas, como disse, foi a primeira vez.

Krohagen voltou a pitar seu cachimbo, pensativo e, após um instante, avisou:

— Vou lhe pedir que conte esse sonho a Taellana, nossa líder, dentro de alguns meses, quando ela retornar à torre, está bem?

A garota balançou a cabeça em concordância. Jehalli, despertando, anunciou:

— O sonho novamente? Que tal aproveitarmos que estamos despertos para seguir?

Krohagen aceitou a ideia ainda sério e pensativo, levantando-se apoiado em seu cajado, seguido de Navath.

14

RUMO AO DESCONHECIDO

Kurtshov não tinha dormido nada, mas não se sentia cansado, apesar de demonstrar sinais de exaustão em seu rosto. Logo que percebeu o movimento dos companheiros, pôs-se de pé, derrubando Tomhir, que cochilava encostado nele. O conselheiro não se importou em despertar o rapaz de forma abrupta, assustando-o, nem com a cara feia que recebeu do companheiro incomodado, porém reparou na mudança de expressão de Tomhir ao perguntar-lhe, preocupado:

— Kurts, você não dormiu nem por um instante?

O rapaz apenas assistiu ao conselheiro ignorá-lo e se dirigir ao encontro do grupo próximo da fogueira. Tomhir permaneceu lá, desolado, sem nem sequer arrumar o cabelo despenteado.

— Prontos para voltarmos ao túnel e tentarmos outros caminhos? — questionou Kurtshov, certo de que estavam no local errado, contudo Jehalli rebateu, decidida:

— Separem-se e procurem vincos pelas paredes e no chão, correntes de ar ou rochas sobrepostas de forma estranha. Batam nas paredes procurando sons ocos. Qualquer coisa fora do comum pode indicar uma passagem secreta...

— Você só pode estar brincando — riu Kurtshov, inconformado.

A batedora se aproximou dele de forma ameaçadora e exclamou com asco:

— Pareço brincar, conselheiro?

Ele a encarava com um olhar ainda mais sinistro, e, em silêncio, o grupo se dispersou, seguindo as ordens da exploradora.

Após longos momentos de procura, já perdiam as esperanças. O conselheiro nem mesmo se deu ao trabalho de ajudar e ficou reflexivo num canto isolado. Foi quando a astuta Jehalli anunciou, animada:

— Aqui! Eu sabia que encontraria! — Enquanto todos se aproximavam em volta dela, a rastreadora apontava para marcas na parede rochosa, indicando a passagem, e batia, demonstrando a diferença de som produzido. — Mas não faço ideia de como abrir. Não é nada como outras passagens que já vi.

Krohagen encostou a mão espalmada na parede ao que os olhos projetaram luz elemental intensa antes de se fecharem e assim ele concentrou sua percepção arcana naquele local.

— Aqui existe uma runa protetiva. Afastem-se.

Os aventureiros o atenderam imediatamente e ele apontou Eixo Glacial contra a parede. Em seguida, repetiu o mesmo ritual elemental das vezes anteriores, até que uma mensagem flamejante surgiu nas rochas à sua frente:

Este é meu último aviso. Abandone este caminho para sempre.

G. K.

— Mais uma mensagem de Kaar — soltou o Guardião do Norte, ainda com o cajado alimentando o encantamento.

Em seguida, canalizou mais energia naquela direção e as rochas à sua frente se moveram, revelando uma câmara escura. Assim que as luzes das tochas e do cajado invadiram o recinto, revelaram um enorme monumento em forma de serpente, idêntico ao encontrado sob Caedhur.

— Um portal. Nós voltaremos para casa? Não acredito — arriscou Tomhir, emocionado.

Lágrimas rolavam de seus olhos incrédulos. Kurtshov observava a estrutura, desconfiado. Krohagen deu seu parecer:

— Não estou seguro disso, capitão.

— Se fosse, não estaria guardado com tal mensagem ameaçadora — adicionou Jehalli.

Kurtshov refletia sobre os registros dos antigos jarls de Caedhur. Segundo eles, Grathal Kaar passava dias sumido após entrar no subsolo, mas sempre voltava por lá. Isso era um forte indício de que, ao fim de seu caminho, deveria, sim, existir um portal de retorno. O conselheiro temia, contudo, o que poderiam encontrar à frente. Se achassem mais registros do velho piromante, seu artefato poderia ser comprometido. Ainda assim, urgia-lhe retornar a Caedhur a qualquer custo para ficar a sós com a relíquia.

— Devemos seguir pelo portal. É o único caminho — manifestou-se Kurtshov, escondendo a pressa e a ansiedade que sentia.

— Ainda não encontramos nada. Talvez os segredos de Grathal Kaar estejam escondidos depois desse portal — argumentou Krohagen, pensativo.

— Se decidirem prosseguir, eu gostaria de protegê-los com o ritual que aprendi — disse Navath, com insegurança.

— Vocês vão ignorar a mensagem que acabaram de ler? — interrompeu Jehalli, de forma sensata.

— Talvez o portal nos leve para casa. Vamos tentar — respondeu o capitão, aflito.

— Se quiser tentar outra saída, fique à vontade, Farenheimn — anunciou Kurtshov, sarcástico, e lançou um sorriso maligno, desagradando o irmão, que, por sua vez, anunciou de forma positiva:

— Vamos manter o companheirismo, amigos. Ao menos até o fim desta jornada.

Ele concluiu sua frase com uma piscadela para o irmão, que suspirou e gesticulou para o feiticeiro prosseguir.

— Eu vou sob duas condições: se encontrarmos qualquer vestígio de civilização, nós o seguiremos. E se o caminho se tornar perigoso, mudamos a rota, mesmo que isso signifique abandonar a busca pelos segredos de Kaar — pronunciou-se Jehalli, contrariada.

— Estou de acordo. Agora faça sua mágica, Krohagen — atendeu Kurtshov.

O Guardião do Norte começava a estranhar a condescendência e a pressa do irmão.

Navath insistiu:

— Caso haja perigo à frente, posso tentar protegê-los agora.

Ela mirava Krohagen enquanto se pronunciava, encabulada, e o tutor a encorajou com um gesto.

O Guardião do Norte cedeu a ela um pequeno punhal e a garota cortou o próprio dedão verticalmente. Após devolver a faca, molhou o indicador com sangue e desenhou uma runa estranha na testa de seu mestre conforme recitava palavras mágicas no idioma ancestral arsimério, de acordo com o pergaminho que haviam encontrado. Navath permaneceu longos instantes com a palma da mão sobre a testa de Krohagen, recitando aquele cântico exótico, até que sua mão emitiu um único pulso brilhante esverdeado. A runa desenhada em sangue reagiu brilhando no mesmo tom por um breve instante. Ela se afastou e ele sorriu.

— Estou orgulhoso, querida Navath.

Ela seguiu para a arqueira e repetiu o ritual. Em seguida, olhou para Kurtshov, mas o olhar e a expressão do conselheiro foram o suficiente para que ela seguisse cabisbaixa até Tomhir. O rapaz, inseguro, buscou aprovação no companheiro. Kurtshov olhou para o capitão e, ainda com a mesma expressão, fez sinal negativo com a cabeça. Tomhir, pela primeira vez, ignorou a orientação do conselheiro e, surpreendendo a todos, disse em tom contido:

— Aceito sua proteção, Navath.

Até mesmo Kurtshov estranhou a desobediência do rapaz ao vê-lo permitir a jovem feiticeira executar seu ritual de preservação. O Guardião do Norte enfim olhou para todos ao seu redor.

— Vocês já passaram por isso uma vez. Sabem o que fazer. Estão prontos?

O grupo deu as mãos como da vez passada. Krohagen evocou as palavras antigas que o colocavam em contato com sua padroeira elemental e ativavam seus poderes. Eixo Glacial brilhava ao alto enquanto o vapor ciano cobria os aventureiros apreensivos. De forma repentina, o portal emitiu um brilho vermelho, e eles foram sugados para dentro dele como se não tivessem peso ou volume. A jornada foi mais longa daquela vez. Pareciam atravessar Soltin de leste a oeste entre nuvens, colinas e vilarejos. Tudo passava de forma muito veloz e nem mesmo o habituado Krohagen foi capaz de perceber o caminho, até que a vertiginosa queda ocorreu num lugar ainda mais estranho e inóspito. O som ao redor era pavoroso. O calor era ainda mais insuportável. O ambiente era rubro e opressivo, e o cheiro de enxofre agredia seus narizes.

GFC
SCOPEL

15

A BESTA VIGILANTE

Conforme seus sentidos se recuperavam da viagem planar, começaram a perceber o destino da jornada. Estavam sobre uma plataforma rochosa, quase no topo de um enorme vulcão. A abertura acima expelia colunas de vapor fervente e fragmentos de lava. O céu era escuro, coberto por fuligem e fumaça venenosas. Uma ventania atingia o local de forma violenta. O cheiro forte e o barulho vindos do topo eram quase tão hostis quanto o calor absurdo.

— Neste local, minha padroeira soberana tem pouca influência. Meus poderes são menos potentes e terei de contar apenas com minha própria energia elemental armazenada — declarou, agoniado, o Guardião do Norte, o primeiro a se recuperar da viagem.

Jehalli, aflita, apontou para o chão, onde havia muitos ossos e restos mortais, e alertou:

— Acredito que viemos parar em um lugar muito pior. Você consegue nos levar de volta, bruxo?

Ela gritava, competindo com o som do ambiente cataclísmico. Krohagen, ofegante, mirava o monólito atrás deles com as mesmas inscrições que encontraram na ilhota.

— Não tem volta. Teremos de prosseguir.

A afirmação dele teve um impacto ainda mais pesado no grupo.

Tomhir estava atônito, incrédulo com o ambiente ao redor, e Navath, tendo que se esforçar para gritar, questionou:

— Onde estamos?

Krohagen sofria para se concentrar frente aos flagelos do seu elemento opositor, o calor extremo.

— Não existem muitos vulcões ativos em Soltin.

A resposta precisa veio do confiante conselheiro:

— Estamos em Taojar.

Jehalli, abismada, olhou à sua volta e arriscou:

— As Montanhas Famintas do Não Retorno?

Kurtshov acenou em concordância ao passo que Navath, preocupada com o estado ainda perplexo de Tomhir, perguntou:

— Como sairemos daqui?

— Lá, vejam! Uma porta — respondeu a perspicaz Jehalli.

O grupo, espantado, mirou para onde ela apontava e viu, do outro lado da plataforma circular, uma porta ogival cravada na parede do próprio vulcão.

Kurtshov, apressado, partiu naquela direção, seguido pelo incomodado Krohagen. Navath chamou a atenção do jovem capitão, com carinho.

— Vamos, Tom. Nós vamos para casa.

Ela passou a mão em seu braço, com afeto, e ele despertou do estado catatônico aos poucos.

— Vamos?

— Sim. Veja, encontramos uma porta — respondeu ela, animada.

A ideia de voltar são e salvo para Caedhur foi uma injeção de ânimo e euforia no rapaz, que sorriu para Navath, empunhou seu escudo e sua maça como se indo para a guerra e partiu a passos largos para junto dos irmãos à frente. Mas o momento de alegria dos heróis durou pouco.

— Esperem! Tem algo se movendo ali! — gritou Jehalli, testemunhando uma pilha de ossos desmoronar, revelando um enorme amontoado de pelos aramados se desenrolando junto da porta do outro lado.

Para surpresa e terror de todos, aquela bola de pelos, escamas e espinhos era uma besta colossal dormente, que foi se pondo de pé entre eles e a porta conforme despertava de seu sono ardente. Incrédulo, o grupo presenciou algo que jamais imaginou possível.

O ser se ergueu, exibindo sua altura e envergadura descomunais. Era mais alto do que dois ultheranos juntos. O tronco da criatura era imenso e lembrava o de um gorila, coberto por pelagem densa nas costas e pelado entre o abdômen e o peitoral. Exibia veias e musculatura muito salientes, pescoço comprido e duas cabeças malformadas; uma parecia um bode e a outra, uma hiena, juntas como siamesas, deformadas, com dois focinhos quase colados, três chifres, apenas uma orelha e cinco olhos. Tinha uma única e enorme asa nas costas, como a de um morcego gigantesco, três pernas articuladas e escamosas com cascos poderosos nas pontas e diversos rabos que, por vezes, confundiam-se com tentáculos. O braço esquerdo era coberto por um exoesqueleto rígido onde, na ponta, estava uma pinça assustadora, como a de um caranguejo colossal. Do outro lado, tinha dois braços direitos cobertos por escamas espinhosas. Eram menores, mas, ainda assim, grandes, fortes e humanoides. As mãos ameaçadoras possuíam garras longas e pontudas. A criatura berrava em agonia de forma horripilante, como se sofresse com sua condição anômala. Exalava um cheiro podre e azedo. Seus olhos vermelhos expressavam dor e cólera e assim se colocou em posição de ataque.

— Não creio em meus olhos — soltou Jehalli, alarmada.

— O que é isso? — questionou Navath, aterrorizada.

— Uma abominação arslanteana — respondeu Kurtshov, mais adiantado.

— Essa coisa horrível tem algum ponto fraco? Como a derrotamos? — indagou Jehalli, preparando o arco.

— Eu usaria um espelho — satirizou o conselheiro, mantendo a presença de espírito em momento pavoroso.

— Não posso contar com grandes feitiços aqui, rapazes. Teremos de recorrer às nossas armas para nos defendermos — bradou Krohagen aos dois homens ao seu lado.

Tomhir balbuciava algo, lutando contra a própria mente incrédula e aterrorizada, quando o astuto Kurtshov se dirigiu a ele ao mesmo tempo em que se punha em guarda, sacando a enorme espada bastarda.

— Meu querido Tom, esta besta profana é a única coisa entre nós e nossa casa. Agora me ajude a despachá-la deste mundo! Faremos isso juntos!

As palavras do conselheiro surtiram efeito no capitão, que olhou para o companheiro que tanto admirava, respirou fundo, voltou-se ao oponente e passou a gritar em posição de guarda. Krohagen evocava palavras míticas ancestrais enquanto seu bordão mágico e seus olhos projetavam energia elemental. Jehalli fazia mira, preparando-se para disparar com cuidado, uma vez que suas aljavas estavam cada vez mais leves. Ao mesmo tempo, Navath recitava o cântico milenar, lendo o pergaminho antigo. Conforme o ritual progredia, seus olhos e suas mãos emanavam uma aura esverdeada.

A besta enfurecida trotou contra os três homens, que foram obrigados a se esquivar para não serem atropelados ou agarrados pela enorme pinça serrada.

Conforme a criatura passou por eles, acelerada, ainda os agrediu com os rabos como chicotes. Tomhir recebeu os golpes em seu escudo e foi violentamente atirado para trás. Krohagen se jogou ao chão, e o hábil Kurtshov, mostrando agilidade e força inéditas, além de se esquivar, decepou um dos rabos com um poderoso golpe vertical de sua espada. A façanha do conselheiro atraiu a atenção da criatura para eles em vez de seguir contra as duas na retaguarda.

O monstro gritou enlouquecido e saltou contra o conselheiro, usando a enorme asa para se direcionar contra ele de forma desajeitada. Kurtshov foi forçado a saltar para trás, caindo encolhido para evitar o golpe da aterrissagem da besta em frenesi.

O Guardião do Norte concluiu sua evocação.

– *Winvern!*

Então, da ponta de seu cajado, cresceu uma enorme lâmina cristalina e brilhante, transformando Eixo Glacial numa combinação de lança e espada. Ao mesmo tempo, o jovem capitão se pôs de pé e correu aflito ao encalço de Kurtshov.

– Separem-se! Vamos flanqueá-la! – gritou Jehalli, orientando de longe.

A criatura seguiu contra o conselheiro, que se levantou, defendendo-se da enorme garra com sua espada bastarda. Ele era forçado a retroceder de forma perigosa em direção à beirada da plataforma rumo ao despenhadeiro.

Tomhir atacou a besta de lado, atingindo uma das pernas com a pesada cabeça de ferro de sua maça. Do outro lado, Krohagen cravou a lâmina mágica no abdômen da fera. A criatura híbrida mudou seu foco, mais uma vez tomada por fúria, e com ferocidade incrível agarrou o corpo de Krohagen, usando a pinça titânica. Ao mesmo tempo, forçava Tomhir e Kurtshov a lutarem contra seus braços menores e os rabos de tentáculos, evitando que fossem salvar o feiticeiro.

O Guardião do Norte, aterrorizado, viu os tendões e os músculos da criatura ficarem tensos, prontos para parti-lo ao meio. Para sua sorte, a jovem Navath concluiu o ritual. Ela soltou o pergaminho, ergueu as mãos ao alto e virou a cabeça para cima sem parar de recitar. Seus olhos, boca e mãos projetavam vapor esverdeado e, naquele momento, o corpo de Krohagen, Tomhir e Jehalli foram envoltos por uma aura da mesma tonalidade. A criatura forçou as garras, mas não causava nada além de arranhões e hematomas no quadril e costelas do feiticeiro. Navath tremia, ofegante, ao canalizar energia naquela direção e lutar contra a agressão da monstruosidade.

A aberração híbrida urrava sem compreender a razão pela qual sua poderosa pinça era incapaz de partir o feiticeiro ao meio. A besta, ainda mais enfurecida, fazia tamanha força, que cada músculo e veia de seu corpo inflava e vibrava como se estivesse prestes a explodir.

Krohagen sentia a pressão e os cortes menos intensos do que deveriam ser, não fosse pela aura protetiva da aprendiz. No entanto, o feiticeiro sabia que quanto mais tempo ficasse naquela situação, mais energia a garota teria de despender, e ela ainda não era tão poderosa. Então ele puxou a lâmina ainda cravada na lateral do corpo do ser e a enfiou entre as pinças, forçando como um pé de cabra.

Navath gritava cada vez mais alto, o corpo inteiro rígido e trêmulo, as veias pulsavam e os olhos viravam para cima. Naquele instante, Jehalli deixou voar a primeira flecha, que atingiu o monstro entre os focinhos, à beira de um dos olhos, fazendo-o berrar de dor. Em seguida, Kurtshov cortou mais um dos rabos em seu duelo feroz, e Tomhir atingiu um dos joelhos da fera com a maça facha. A criatura, sentindo a sequência de golpes, caiu sobre o joelho ferido com um urro.

O Guardião do Norte sentiu a pinça se afrouxar e a forçou a ponto de se livrar. Ao cair no chão, Krohagen agiu com pressa e usou mais uma boa parte de suas reservas elementais numa nova evocação, cobrindo o antebraço esquerdo com um grosso escudo cristalino e brilhante.

De forma inadvertida, a pinça veio em sua direção mais uma vez. A vigorosa e resistente besta se levantou e atacou com ira selvagem o Guardião. Ele conseguiu evitar o primeiro golpe com o escudo mágico, bloqueou o segundo, fazendo estilhaços gélidos voarem para os lados, e mais um terceiro, que fez seu escudo trincar em várias partes.

Ao mesmo tempo, a boa arqueira esvaziava suas aljavas, atingindo o monstro no peito, ombros e pescoço. Cada disparo fazia a besta gemer em dor e dava tempo para o Guardião se defender, no entanto o corpo titânico do ser seguia atacando. Tomhir corria ao encalço do Guardião enquanto Kurtshov, esquivando-se das chicotadas dos rabos, dedicava-se de forma eficiente ao contra-ataque. O conselheiro aplicava amplas sequências de golpes radiais na horizontal e na vertical sem errar uma vez sequer.

Do outro lado, Jehalli largou o arco ao chão junto das aljavas vazias e correu para a frente de combate, sacando o machado de mão. Ela se juntou aos outros e, com agilidade e destreza, atacou a besta, aplicando-lhe um golpe de lado na perna já danificada pelo capitão. A lâmina do machado penetrou fundo entre o joelho e a coxa, fazendo o monstro mais uma vez urrar e se tornar ainda mais agressivo. Antes mesmo de Jehalli poder retirar a arma da carne da besta, os dois braços humanoides a capturaram. Ao que um a segurava com as enormes garras, o outro a socava e a arranhava, revezando-se conforme ela tentava se defender e se livrar das enormes mãos.

Os ataques contra a arqueira forçaram Navath a se desgastar ainda mais, canalizando muita energia para proteger a amiga de ser esmagada ou dilacerada. A jovem foi ao chão, mas não interrompeu o feitiço, que passava a cobrar um alto preço da aprendiz.

O escudo de Krohagen foi reduzido a lascas gélidas em seu braço e, quando a última pinçada estava prestes a pegá-lo em cheio, Tomhir se atirou com o próprio escudo, bloqueando o golpe. A garra da besta atingiu o capitão de forma atroz, esmagou o escudo do jovem junto de seu antebraço esquerdo, onde estava preso. O grito de dor do capitão ecoou pela região vulcânica inteira. Se não fosse pelo encantamento protetivo de Navath ainda ativo no rapaz, o estrago teria sido muito pior.

A jovem feiticeira se dedicava a manter os feitiços presentes em todos, no entanto suas reservas se esvaíam com rapidez, sugadas pelos flagelos dos companheiros. Ao mesmo tempo, Jehalli lutava contra os braços humanoides, e Navath, ajoelhada, resistia corajosamente, cedendo, a partir de então, sua própria energia vital para abastecer a aura protetiva dos amigos. Se algum dos companheiros olhasse para a jovem aos berros, assistiria à parte de seus cabelos se tornando secos e acinzentados, à pele de suas mãos se enrugando e rachaduras se formando nos dedos e lábios.

Kurtshov aproveitou o momento para escalar com muita destreza o rabo restante da fera. Assim que se equilibrou na traseira do monstro, cravou a espada em suas costas, atravessando a besta. Krohagen, do outro lado, testemunhou, espantado, a ponta da lâmina da poderosa arma do irmão surgir abrindo a barriga do inimigo e fazendo escorrer sangue escuro e espesso. As três pernas da besta fraquejaram ao mesmo tempo, colocando-a de joelhos, enquanto seu urro agonizante e ensurdecedor agrediu os ouvidos dos heróis. Os braços humanoides atiraram Jehalli contra o chão para mudar seu alvo e logo passaram a agredir Kurtshov em retaliação. O conselheiro nem conseguiu sacar a espada, que ficou na besta empalada.

Navath, por fim, estava exaurida. Seus olhos perderam o brilho esverdeado, tornando-se brancos e opacos. Sua boca, ouvidos, nariz e mãos estavam ensanguentados. A aprendiz tombou com o rosto no chão e os braços ao lado do corpo. Por consequência, a aura esverdeada deixou de existir ao redor da arqueira, do capitão e do feiticeiro. Kurtshov foi ao chão, vítima dos socos e arranhões dos braços humanoides. A besta então se virou contra ele e seguiu cambaleante, pronta para finalizar o conselheiro com a enorme pinça. O monstro ergueu o membro abominável ao alto e o desceu de forma violenta. Kurtshov não teve condições de se esquivar e só se salvou graças à agilidade, bravura e dedicação do jovem capitão, que se atirou entre ele e o membro colossal, que descia com brutalidade.

Com o apoio do outro braço, que não mais empunhava sua arma, Tomhir usou o resto do escudo ainda preso ao que lhe restava do braço esquerdo para interceptar a pancada meteórica, desviando-a para o lado. Kurtshov apenas testemunhou o leal companheiro sumir sob a garra gigante, salvando-lhe a vida.

Simultaneamente Jehalli, aproveitando que a criatura voltava suas atenções para Kurtshov, saltou de forma imprudente contra as costas da besta, agarrando-se no cabo da espada bastarda, forçando-a para baixo com o peso do corpo e aumentando o rasgo nas costas da fera medonha. A criatura, em frenesi absoluto, apenas virou o braço gigante para trás, pinçando várias vezes a esmo e, de forma aleatória, atingiu o cotovelo da arqueira. A garra imensa destruiu o membro da corajosa Farenheimn, separando o antebraço ainda preso à espada do restante do corpo como o caule de uma flor entre os dedos do jardineiro.

Ao que ela caía aos berros de dor, Krohagen surgiu do outro lado, atingindo o queixo da hiena de baixo para cima com a lâmina cristalina de seu cajado. Ele descarregava energia hibernal pela arma mágica, congelando gradativamente a cabeça da besta. A monstruosidade acusou o golpe duro, pendendo para o lado. Enquanto isso, Kurtshov retirou o machado de Jehalli da perna da fera, esquivando-se dos braços menores, usou o joelho da criatura como apoio e saltou alto, agarrando-se num dos chifres com uma mão e cravando com a outra o machado no lado oposto da cabeça de bode. Prevendo a queda da besta colossal, Krohagen ajudou Jehalli a sair dali, indo na direção de Navath, sem saber se a aprendiz estava viva. Kurtshov, por sua vez, arrastava Tomhir para longe. Assim a fera tombou. Enquanto emitia seus últimos gemidos pavorosos pelas bocas conectadas, tinha espasmos violentos e deixava uma enorme poça de sangue ao redor de si.

Kurtshov acomodou o jovem capitão ao chão, com a cabeça em seu colo, e reparou no estado lastimável do querido companheiro, em especial no grave ferimento na lateral de sua cabeça.

— Você devia usar o elmo — brincou o conselheiro.

O corajoso soldado piscava o olho em bom estado, sua respiração acelerada, e ele balbuciava algo conforme o sangue deixava os cantos de sua boca. Kurtshov se aproximou e ouviu:

— Eu amo você.

Sua reação imediata e instintiva foi a de surpresa.

— Como? Por quê?

E antes que pudesse consertar suas últimas palavras ao leal escudeiro, o jovem seguiu para junto dos Antigos, como temia. O pesar da perda surgiu na mente de Kurtshov. O homem havia se sacrificado por ele. Kurtshov, por fim, conheceu a extensão da lealdade e do amor do companheiro e se surpreendeu quase ao ponto de se emocionar. Mas o conselheiro tinha aberto caminho para novos raciocínios após a conquista do artefato de poder, e logo as emoções foram substituídas. Ele pensava que a morte de Tomhir trazia consigo o benefício do silêncio daquele que sabia que a garra escura em forma de punhal estava consigo. O jovem virtuoso que não sabia mentir. *Sim. De fato, há uma vantagem em sua morte*, pensou ele.

O estado introspectivo de Kurtshov foi interrompido pelos gemidos de dor e pelos gritos de ordem do irmão. Ele se virou para os três e viu Krohagen trazendo Navath desacordada em seus braços, e a exploradora cambaleando, escorada nele com o toco do braço com a ponta congelada quase na altura do ombro, para evitar sangramento.

— Vamos! Elas precisam de cuidados imediatamente! Precisamos seguir em frente!

O Guardião do Norte, aflito, apressava o irmão aos gritos.

Kurtshov, entretanto, conversava consigo mesmo:

— Do que adianta a pressa?

— *Nem sabem o que os aguarda do outro lado da porta.*

— De fato. Se forem mais perigos, elas estarão condenadas.

— *A jovem ainda pode ter certa utilidade antes de partir.*

Foi quando Kurtshov percebeu que tinha acabado de ter um diálogo completo com a voz que o acompanhava em sua mente. Ele se espantou com a descoberta e também com o teor sombrio de tal conversa. Sem dizer nada, apenas acenou em concordância, sacou a espada da carcaça da besta e seguiu o irmão em direção à porta.

16

DERROTA OU VITÓRIA?

Krohagen aguardava a arqueira abrir a porta para ele passar com Navath em seu colo. Mas Jehalli, enfraquecida e com dor, não conseguiu.

— Está trancada por dentro — disse.

Ela afastou a porta até onde dava. Pela fresta, conseguia ver um cadeado do outro lado. Jehalli, pálida, com as pálpebras quase fechadas e respiração lenta, encostou-se nas rochas ao lado da porta. Kurtshov se aproximou sem dizer nada e botou a porta abaixo com um poderoso chute usando a sola do pé.

Do outro lado, estava uma câmara não tão grande. Era uma pequena caverna escura e tinha três paredes naturais. Numa delas, estava uma velha escrivaninha coberta de artefatos exóticos e equipamentos arcanos, ao lado da qual havia uma estante de madeira bruta repleta de livros. Na outra, o desenho de um cajado pintado na rocha.

Frente à última parede, estava um novo monumento esculpido em forma de serpente, ainda que um pouco menor do que os anteriores. Krohagen sentia que aquela escultura poderia estar programada para levá-los de volta a Caedhur ao passo que Kurtshov deduzia o mesmo, de acordo com o trajeto que haviam feito. Kaar não tinha mais nada a esconder e, a partir de seu próprio refúgio, aquele portal só poderia significar o retorno.

Jehalli, à beira do colapso, soltou o peso de seu corpo e caiu sentada no chão, escorada na poltrona rústica junto da escrivaninha. Krohagen acomodou a aprendiz na poltrona enquanto ela não dava sinais de recobrar a consciência. Ele, ainda ofegante, virou-se para o irmão, que também demonstrava a exaustão do combate recente. O criomante olhou para trás uma última vez. Pela porta, via o corpo do bom capitão do outro lado, na plataforma rochosa. Krohagen voltou o olhar para o irmão e o repreendeu com pesar:

— Mais um caiu vítima de nossa curiosidade imprudente, irmão. O que me consola é a certeza de que Tomhir tem um lugar de honra entre os Antigos.

— Para não perdermos mais duas vidas, devemos ativar este portal agora mesmo — respondeu Kurtshov de forma sagaz.

Ele apontou para a arqueira, para a jovem aprendiz e, em seguida, para o monumento exótico. O feiticeiro foi confrontado com a dura escolha de enfim explorar os segredos de Kaar ou deixar tudo para trás na tentativa de salvar as amigas.

O Guardião do Norte, refletindo sobre as palavras do irmão, analisava o desenho pintado à mão na parede rochosa. Kurtshov examinava o conteúdo dos livros e papéis velhos na estante. Ele acreditava que ali existiam registros de Grathal Kaar que poderiam levantar suspeitas sobre a garra-punhal, então insistiu:

— Vamos, irmão. Não temos tempo. Elas correm risco de vida.

Krohagen desconfiava cada vez mais do comportamento do irmão. Estava tão ansioso pelos segredos de Kaar e agora que finalmente havia encontrado seu velho escritório, estava disposto a largar tudo pela vida das duas por quem nunca teve o mínimo de consideração.

O criomante detectou resíduo de carga energética poderosa naquela pintura na parede. Em seguida, levou a palma da mão sobre o desenho e canalizou sua percepção elemental para compreender o encantamento. O velho piromante conjurara mais uma de suas runas ali. Aquela, no entanto, era uma passagem muito especial e apenas um verdadeiro Guardião do Norte poderia acessá-la. Krohagen não poderia perder a oportunidade. Ele sabia que talvez nunca mais fosse possível retornar àquele local. Olhou para o portal na parede oposta, então voltou seu olhar para Navath, estática, e Jehalli, desacordada, e foi tomado por aflição. Elas teriam de resistir e aguardar mais um instante. O Guardião sentia que entender o que estava do outro lado daquela parede rochosa era mais importante para Soltin do que a vida de todos eles.

Tomando uma decisão difícil, contra sua própria natureza, avisou:

— Já volto.

— Como assim? Do que você está falando? — bradou Kurtshov, inconformado e sem entender.

Mal terminou de falar, e o irmão agiu. O feiticeiro enfiou a ponta do cajado num orifício rochoso na parede onde estava o desenho. Em seguida, liberou energia elemental ali e, de forma fantástica, foi sugado para dentro do orifício.

— Maldição! — exclamou Kurtshov, temendo que Krohagen tivesse acesso à informação sobre o artefato.

Ele sabia que Kaar não o guardaria numa gaveta ou em uma estante. Estaria protegido por magia. Ele acelerou sua busca entre os manuscritos no escritório, mas estava ansioso e preocupado demais para se concentrar na tarefa.

Do outro lado da parede, Krohagen foi levado para um recinto ainda menor e mais escuro, isolado de todo o resto da caverna e inacessível. Apenas a luz de Eixo Glacial, de seus olhos e da gema brilhante em seu pescoço eram suficientes para revelar um baú aberto, estreito e comprido no chão. Ao lado dele, jogados, estavam um cadeado arrombado, uma luva estranha e uma nota manuscrita bastante desgastada. Krohagen, com pressa e angustiado, logo sacou o pedaço de papel antigo e leu a seguinte mensagem:

Este artefato permite conjurar uma entidade maligna milenar.
Não caia em sua tentação. Abandone isto aqui, nunca volte
a este lugar e jamais fale a respeito.

G. K.

O Guardião do Norte refletiu:

— O que quer que Kaar tenha escondido nos confins do grande vulcão, protegido por runas mágicas, entre portais de difícil acesso espalhados em três cantos opostos de Soltin, guardado por uma besta híbrida arslanteana e isolado nesta diminuta caverna quase inacessível deve ser de extrema importância. Se o artefato não está aqui e o cadeado está arrebentado, obviamente foi roubado. Se apenas um Guardião do Norte seria capaz de atravessar a passagem na rocha, quer dizer que foi um de nós quem o fez.

Em seguida, ele se lembrou das clarividências de Navath e do cadáver antigo junto de um cajado próximo ao primeiro portal em Caedhur.

— Foi Pravell quem roubou a relíquia poderosa — concluiu.

Aquilo só poderia ser obra do feiticeiro renegado, pensou, porém, se não estava junto de seu corpo em Caedhur, onde estaria o artefato? Poderia ter sido roubado por saqueadores de tumbas ou rastreado por magos desgarrados... Poderia ele ter sido encontrado por algum dos aldeões de Caedhur no decorrer dos ciclos? A peça poderia também já ter sido vendida como relíquia e poderia estar em qualquer canto de Soltin. Caedhur existia sobre aquelas ruínas havia mais de quatro séculos... O artefato poderia nem mais existir...

Naquele instante, a lembrança do irmão lhe veio à mente. Poderia Kurts estar em posse do objeto de maneira incógnita? Mas como? E quando teria tido acesso ao item?

Krohagen despertou do transe reflexivo e sacou a luva do chão. Era uma peça rara, um trabalho exótico de cutelaria, confeccionada com escamas e couro de bestas ancestrais desconhecidas e, de fato, tinha propriedades mágicas. O Guardião, contudo, não tinha tempo para averiguar e precisava guardar o resto de energia que tinha para levar o grupo pelo próximo portal. Ele então enfiou a luva dentro de sua bolsa a tiracolo, introduziu a ponta do cajado no orifício da rocha atrás de si e, repetindo o mesmo ritual, foi sugado de volta para o outro lado.

Lá Navath permanecia imóvel, como ele a acomodara. Jehalli ainda estava no chão, encostada na cadeira, com a cabeça caída para o lado, ainda mais pálida e de olhos fechados. Kurtshov se assustou com o retorno do irmão. Ele revirava os livros, pergaminhos e itens espalhados pelo ambiente de estudos. O conselheiro, preocupado, logo se recompôs e perguntou:

— E então, o que descobriu?

— O que eu deveria encontrar não estava lá. Alguém roubou — respondeu Krohagen, sério, tentando não entregar muito e tirar alguma informação do irmão.

— Refere-se ao segredo de Kaar? E como sabe que foi roubado? — insistiu Kurtshov, lançando seu olhar mais penetrante.

— De acordo com o que passamos até agora e com o que vi do outro lado desta parede, não necessito de muito mais investigação — disse Krohagen, enfrentando o olhar e tentando refletir.

Kurtshov sequer piscava, oprimindo e distraindo o irmão com o olhar sinistro.

— O que quer que seja já deve ter sido engolido por Soltin há muitos e muitos séculos. Seria mesmo impossível encontrar. É hora de aceitarmos nossa derrota, irmão.

— Não sei. Às vezes nos surpreendemos com o que está debaixo de nosso próprio nariz — replicou Krohagen, esforçando-se para pensar. Kurtshov mudou a expressão para desconfiança ao ouvir a frase do irmão, que ainda insistiu: — Você quer me contar algo, irmão?

— Sim. Precisamos levar essas duas de volta ou vão perecer aqui mesmo — rebateu Kurtshov, com pressa.

Krohagen se frustrou com a evasiva do irmão, mas já sabia que Kurtshov era inteligente e esguio demais para ser capturado por perguntas e argumentos.

O Guardião do Norte sentia vontade de usar sua percepção arcana para tentar detectar nele algum vestígio mágico, contudo não poderia arriscar gastar mais energia. Além do mais, nem tinha certeza se aquele era, de fato, o último portal. Tomado, porém, por curiosidade e desconfiança, Krohagen agiu contra a razão e em favor de seu instinto. Estava certo de que, de alguma forma, Kurtshov possuía a tal relíquia. Então, de maneira inadvertida, agarrou sua mão com força e canalizou energia elemental pelo corpo do irmão, projetando a própria essência em busca de qualquer emissão arcana. Kurtshov não reagiu e, para a surpresa de Krohagen, permitiu a investigação. O criomante insistiu, inconformado, liberando ainda mais energia em sua busca, até que a ponta de seu indicador direito congelou por completo. Krohagen sentiu o choque da mordida gélida e interrompeu o feitiço. Aquele era o sinal de que suas reservas elementais chegavam ao fim e ele passaria a pagar mais caro por cada evocação.

Por fim, o criomante, abismado, suplicou, desviando do olhar do conselheiro:

— Perdão, irmão. Precisava me certificar.

— Você me fere com sua falta de confiança — respondeu Kurtshov com um sorriso irônico.

O Guardião do Norte olhava para a unha e parte de seu dedo substituída por uma ponta gélida, que daquele dia em diante o acompanharia para sempre e consumiria sua energia pouco a pouco para se manter congelada. Foi a primeira vez que Krohagen excedeu seus limites e a cicatriz elemental seria uma eterna lembrança amarga de tal feito. Contudo, o que de fato o incomodava era não ter encontrado o artefato profano de Kaar com o irmão. Então, inconformado e confuso, mudou de assunto:

— Estenda seus braços sobre elas e tocarei em você para nosso próximo planoporte.

O Guardião se virou para o portal e apontou Eixo Glacial naquela direção.

E assim fizeram, como das vezes passadas. Os quatro foram sugados do esconderijo sob o grande vulcão, viajaram em velocidade sem igual entre nuvens, montanhas e florestas, até entrarem numa imensidão branca, que logo foi substituída por um cenário familiar, conforme a velocidade diminuía. Depois, a queda vertiginosa ocorreu. Logo que recuperaram seus sentidos, Kurtshov e Krohagen se depararam com a penumbra iluminada apenas pelos olhos e pela gema brilhante no pescoço do criomante. Estavam de volta ao começo, no grande salão com o monumento serpente sob o hall de Caedhur.

Krohagen sentiu outra mordida glacial do esforço energético que excedia suas reservas. Da ponta congelada de seu indicador direito, cresceu uma fissura gélida pelo restante do dedo, estendendo-se até as costas da mão. Das rachaduras congeladas em sua pele, brotava sangue. Se precisasse executar mais feitiços, sua situação poderia piorar drasticamente.

Mantendo-se focado e tentando não se abalar mais, ele acendeu a ponta de Eixo Glacial, sentiu as rachaduras lhe ardendo a mão, olhou para a carcaça junto dos escombros e pensou: *o que foi que aconteceu contigo, Pravell? E onde está o fruto de seu roubo?*

Sem tempo a perder, Krohagen ergueu com dificuldade Navath no colo e liderou o caminho para fora das galerias subterrâneas. Enquanto isso, Kurtshov ajudava Jehalli a ficar de pé e, de forma sorrateira, sacou a garra em forma de adaga de entre as vestes da arqueira semiconsciente, guardando-a entre a túnica e a malha de metal. Ele sorriu sozinho, satisfeito por ter despistado o irmão e orgulhoso de ter se antecipado a ele.

Assim deixaram a câmara com o portal.

17

CONSEQUÊNCIAS

O grupo, mesmo exausto e ferido, fez seu caminho de volta pelo largo corredor escuro, frio e silencioso, até chegarem na escadaria que levava ao grande hall de Caedhur. Chegando ao topo, eles se depararam com a portinhola do alçapão fechada, como jarl Tarin havia prometido. Entretanto, do outro lado podiam ouvir sons e ver luz passando pelas frestas da madeira.

— Abram a porta. Sou eu, Kurtshov! Estamos de volta! — anunciou o conselheiro, em tom imperativo. Por consequência, o som cessou imediatamente em cima. — Vamos com isso! — ordenou o conselheiro, impaciente.

Sussurros foram ouvidos e, após alguns instantes, apenas uma brecha do alçapão se abriu. A estreita abertura permitia enxergar apenas os olhos de um soldado e um lampião. Assim que reconheceu os quatro, o homem abriu o restante, revelando um destacamento de mais seis soldados vestindo uniforme de Caedhur.

— Perdão, senhor. Após o sumiço de vocês, a jarl Tarin nos pediu extrema cautela. — O conselheiro passou apressado, carregando Jehalli consigo. — Onde está o capitão? — questionou o mesmo soldado de forma insegura e hesitante, sem olhar Kurtshov nos olhos.

Mas a resposta veio de Krohagen, uma vez que o conselheiro seguiu para o outro lado do grande hall.

— Tomhir caiu corajosamente nos defendendo dos perigos da jornada.

Do outro lado, Krohagen ouviu a voz surpresa da jarl questionando o irmão:

— Kurts! Graças aos Antigos, está vivo! O que aconteceu com Jehalli?

— Fomos atacados — respondeu Kurtshov, impaciente e apressado.

— Vocês ficaram mais de um dia ausentes. Conte-me tudo, Kurts — insistiu a soberana, aflita.

— Tarin, não estou em condições de responder agora. Preciso descansar e convalescer. Esta mulher precisa de cuidados imediatos — rebateu ele de forma insolente.

Em seguida, cedeu o peso do corpo da Farenheimn para um dos guardas da jarl e seguiu a passos largos para fora. Krohagen entrou no grande hall e viu a jarl incrédula apenas assistindo ao seu conselheiro dando as costas e partindo.

Krohagen, exausto, entregou a garota aos cuidados do outro guarda e se curvou em respeito à jarl.

— Perdão, senhora. As coisas saíram do controle.

Ela olhou para trás, de onde vinham, e questionou, preocupada:

— Onde estão Valikhur e o capitão?

Krohagen, cansado e emocionado, apenas balançou a cabeça.

— Como eu disse, senhora, a jornada foi dura e custou caro.

— Urso Fiel era um amigo muito querido. Ele estava presente quando Jovark caiu combatendo os bárbaros a oeste daqui. E Tomhir, tão jovem... — suspirou ela, deixando uma lágrima cair.

— Ulther perde um grande herói veterano neste dia, senhora. E um jovem destemido e inocente — concordou Krohagen ao se levantar.

A jarl tentava conter sua emoção. Ela expressava grande aflição com o estado dos quatro sobreviventes e com a perda dos outros dois.

— Ao menos encontraram o que procuravam? Seremos capazes de combater os sulistas? — soltou Tarin após breve momento, recompondo-se, curiosa.

Krohagen estava cansado, não gostava dos rumores que o irmão fora capaz de espalhar, confundindo as pessoas.

— O destino dos dois guardas abduzidos foi trágico, contudo encontramos velhos registros de Kaar. Recuperei um antigo artefato que levarei comigo para Taellana estudar. Mas sobre tal assunto, acredito que você deva conversar com meu irmão.

— Sim. Convocarei meu conselheiro no próximo alvorecer — soltou ela, desanimada e demonstrando frustração.

— Com sua permissão, jarl Tarin. Estou extremamente cansado e preciso recuperar minhas forças. Assim que possível, pretendo levar as informações para minha líder no Reduto do Vale Ocidental — concluiu o feiticeiro.

— Vá, Guardião. Mas não parta sem se despedir — disse ela, acenando.

Ele se curvou e seguiu apressado para a casa do irmão, não para descansar, e sim para averiguar o que ele fazia e a razão de sua partida desrespeitosa e apressada.

Krohagen seguia cambaleante e atormentado pela fraqueza física e pela exaustão de sua essência elemental. Lutava para se manter de pé e acordado. As pessoas da vila não o festejavam, tampouco se aproximavam. A visão de um feiticeiro esgotado não era nada agradável. A cicatriz arcana em sua mão chamava a atenção como sinal de suas desventuras.

Ao chegar na casa da família do irmão, Krohagen não perdeu tempo. Seguiu direto para a pequena câmara de estudos de Kurtshov, onde apenas encontrou suas roupas e armaduras jogadas, como que retiradas às pressas. Halgeria veio atrás do Guardião, aos prantos e aflita. Krohagen acalmou a mulher preocupada e perguntou sobre o irmão. Ela avisou que ele estava estranho. Havia chegado, trocado de roupas e saído coberto por sua capa, encapuzado e carregando um pequeno baú estreito e comprido consigo. Estava irritado e não dissera uma palavra. A pobre Halgeria nunca tinha visto o marido se comportar daquela forma.

Krohagen se perguntava se o irmão fora capaz de esconder a relíquia de sua percepção elemental. Ele sabia que, a partir daquele momento, se o artefato roubado de Kaar de fato estivesse em suas mãos, seria mais difícil recuperá-lo. Kurtshov era mestre na arte da retórica, era eloquente, persuasivo, influente e poderia ser ardiloso, se assim escolhesse.

O Guardião do Norte sentia suas forças se esvaindo. Precisava recuperar suas energias, porém, assim que se deitasse, permaneceria em estado inerte por dias. Não podia perder tempo, então seguiu rápido sob a fria neve do inverno que se anunciava e foi até o outro lado de Caedhur, onde ficava o viveiro dos pombos das rochas. Ali encomendou um pombo para Kaspor, endereçado ao Sindicato Arcano. Sua destinatária era a Feiticeira Suprema do Norte. Tal pombo levava uma mensagem curta e simples, ainda que urgente, suplicando seu retorno imediato a Ulther. Custou-lhe algumas moedas de prata. Ele usou os recursos de sua Ordem e pediu sigilo ao criador.

Na volta, Krohagen parou na velha construção que o irmão usava para trabalhar longe dos curiosos e do barulho da vila. Um guarda à porta, envergonhado e temeroso, impediu-o de entrar, contudo chamou Kurtshov no interior de seu escritório.

— Achei que estaria em seu sono regenerativo, irmão — anunciou Kurtshov, sério, demonstrando menos pressa e mais calma.

— Em breve. Não vai me convidar para entrar? — perguntou Krohagen, por sua vez, apressado.

— Ora, achei que gostasse do frio — retrucou Kurtshov, dissimulado.

Krohagen permaneceu com a cara fechada e em silêncio. O irmão, descontente, apenas acenou para que o seguisse até seu escritório.

O criomante tentava ficar o mais atento possível ao entrar no quarto frio e escuro, repleto de livros, cadernos, relíquias e artefatos exóticos onde o irmão passava a maior parte do dia.

Kurtshov abriu os braços, sorriu e disse, demonstrando tranquilidade:

— Sim. Pode falar, irmão. — Krohagen se preparava para acender o velho cachimbo quando o irmão o interrompeu: — Vou pedir para não fazer isso aqui. O cheiro me incomoda.

O Guardião, frustrado, suspirou e lançou:

— Kurts, salvo pelo incidente no refúgio de Kaar, sempre confiamos um no outro. Somos sangue do mesmo sangue e carne da mesma carne. Nossas essências compartilham a mesma origem. Portanto, seja honesto comigo, eu lhe suplico como irmão e lhe ordeno como Guardião do Norte.

— Você é melhor com seu cajado do que com as palavras, caro irmão. Agora diga logo, o que quer saber de mim? Precisamos ambos descansar — respondeu Kurtshov, sorrindo.

Um breve silêncio pairou no ar enquanto os irmãos se encaravam.

O feiticeiro refletia sobre a melhor forma de conseguir o que queria, mas, exausto, apenas insistiu:

— Você está com o artefato de Grathal Kaar?

O conselheiro ficou sério e, com expressão sombria, respondeu:

— Se eu estivesse, você saberia.

Krohagen, revoltado e cansado, seguiu:

— Você jura? Por Latyria!

Kurtshov riu e rebateu em tom de desdém:

— Esquece que nunca fui ordenado, irmão? Não sou como você. Mas se quiser, sim. Juro pela Coruja Branca. — Krohagen se zangou com o deboche, exalando vapor gélido por entre os dentes, e o irmão consertou, apaziguando: — Você é o único em Soltin que conhece todos meus segredos, as coisas que preciso esconder, minhas vergonhas, minhas falhas e derrotas. Você sabe tudo sobre mim.

Krohagen se cansou das respostas evasivas do irmão, incapaz de dizer apenas sim ou não. O Guardião percebia também algo diferente nele, mas estava exausto física e psicologicamente. Decidiu então desistir da argumentação estéril e ceder às necessidades de seu corpo e de sua essência, voltar para casa do irmão e dormir. Kurtshov se sentou, vendo o irmão partir, depois levou os cotovelos sobre a mesa, deixou a cabeça cair sobre as mãos, cobrindo os olhos, suspirou fundo e assim permaneceu, pensativo.

Krohagen ainda verificou Jehalli sendo atendida por uma das curandeiras da vila no casebre da velha parteira. A velha mulher se esforçava junto de seus ajudantes para evitar a morte da valente Farenheimn. Depois retornou à casa de Kurtshov, passou por um quarto onde outros curandeiros tratavam de Navath. Ali a boa Halgeria acompanhava tudo, aflita e suplicando pela intervenção dos Antigos. Krohagen não parou e foi direto aos seus aposentos, caiu na cama e apagou em instantes.

18

O PACTO E A PROFECIA

Do outro lado da cidade, Kurtshov era atormentado pela voz em sua mente, sempre comandando para ser alimentada. Estava incomodado com a insistência opressiva que sentia, mas também ansioso para descobrir os segredos daquele artefato exótico. O conselheiro ainda se preparava para o que teria de fazer para acessar o poder da relíquia. Seria algo que nunca imaginou fazer, algo que nunca cogitou ser capaz nem em seus pesadelos. Porém, Kurtshov não se surpreendia mais consigo mesmo, vinha revelando e aceitando facetas obscuras de sua psique a cada instante.

Assim, ao anoitecer, o conselheiro foi até uma de suas amantes, uma jovem camponesa, filha de aldeões pobres recém-vindos de Frilsthir. A garota cedia aos caprichos dele, envolvida por seu vocabulário rebuscado, sua atitude impositiva e ao mesmo tempo excitante, além de seu carisma exótico. Mesmo sem precisar, Kurtshov sempre a deixava com algumas moedas de cobre. Naquela noite, eles se encontraram no mesmo esconderijo de sempre, um casebre abandonado e parcialmente deteriorado, a alguns passos ao norte, do lado de fora dos muros da vila.

O conselheiro nem chegou a despir a jovem, que se entregava a ele tomada por desejo. Ele a abraçava por trás enquanto beijava seu pescoço. Uma de suas mãos acariciava seus seios e a outra removia o vestido, expondo o busto por completo. Sem parar de beijá-la e acariciá-la, assim que ouviu seus gemidos mais fortes e sentiu os pequenos pelos de seu pescoço se arrepiarem, sabia que era o momento. Ainda com uma mão nos seios da jovem, usou a outra para sacar a adaga de seu cinto e, com um único movimento, cravou-a no lado esquerdo do peito da garota. A mão, antes no tórax, tapou-lhe a boca, apenas por precaução. A jovem, contudo, não tinha condições de gritar ou de pedir ajuda, não por fraqueza ou pelo susto do golpe imprevisível, mas pela aberração horripilante que surgiu sobre si da escuridão e lhe sugou a energia vital.

Kurtshov a deitou com gentileza em seu colo, no chão, conforme procurava sobre si o que havia atraído o olhar da jovem tão aterrorizada em outra direção que não a dele. O sangue da garota evaporava ao redor da adaga estranha, que emitia um vapor escuro, sugando o líquido vital dela conforme seu corpo secava como uma fruta desidratada. Kurtshov se espantou quando a jovem em seu colo passou a pesar apenas a metade do que antes. Seca como um cadáver antigo, ele a deixou no chão e se levantou, reparando no ambiente ao seu redor. De repente, tudo ficou mais escuro e monocromático, o clima se tornou mais frio, um cheiro horrível de podridão e de minério queimado tomou conta do ambiente, a neve pairava no ar como se o tempo tivesse desacelerado e uma sensação deprimente de vazio e inexistência o tomou sem aviso.

Em seguida, algo chamou sua atenção no canto mais escuro do casebre. Era uma presença sinistra. Nas sombras do outro lado, ele enxergava um vulto antropoide, esguio, com uma silhueta nebulosa, mais escuro do que as sombras e com olhos mais negros do que a própria falta de luz absoluta. A entidade permaneceu imóvel, encarando-o por longos instantes, esguia e esticada vertiginosamente com sua envergadura descomunal até o teto. Um frio pavoroso percorreu as entranhas de Kurtshov. Ele tentou se afastar, mas, para seu horror, descobriu-se paralisado. Sentia-se preso pela manifestação maligna que havia acabado de invocar.

— *Vrout aex maeol! Othou aex pjorst moreath!*

Ele ouvia a voz medonha não mais em sua cabeça, e sim dentro do casebre, como se vinda daquele canto mais escuro e ao mesmo tempo ecoando por todos os lados. Naquela época, podia-se contar nos dedos quantas pessoas em Soltin tinham conhecimento sobre o idioma perdido de Arghal. Kurtshov era uma delas; mesmo assim, nem ele era capaz de compreender a língua ancestral. Então, aos poucos, seus ouvidos passaram a compreender as mensagens que a criatura proferiu em seguida:

— Não é possível se redimir disso, mortal.

— Fiz como pediu. Agora me mostre o que tem em troca! — exclamou Kurtshov, tentando não se abalar e se manter calmo.

A entidade emitiu um grunhido hediondo, que lhe feriu os ouvidos.

— Não pedi nada. Ordenei e você obedeceu.

— Recuso-me a acreditar que tudo se resume a isso, a uma coitada morta no chão — refutou Kurtshov, inconformado.

— Não, mortal. Apenas estou lhe ensinando seu lugar. Agora preste atenção, pois minha permanência aqui será breve — interrompeu a voz grotesca em um rompante.

Ao mesmo tempo em que isso ocorria do lado de fora de Cadhur, na residência da família de Kurtshov, Krohagen e Navath tinham seus sonos de recuperação elemental perturbados por uma carga energética profana tão poderosa, que agredia suas essências de longe. Navath via mais uma vez a criança branca, segurando a Lua e o Sol, mas, atrás dela, agora estava o ser pavoroso que a tinha despertado antes. A garota, entretanto, não tinha forças para deixar o estado de inércia corpórea e teve de aguentar a premonição medonha.

No outro quarto, Krohagen teve sua essência despertada em pavor. Ele sentia a manifestação não tão longe e, apesar de seu corpo não ser capaz de se mover por dias, podia projetar sua essência pela cidade por um breve momento. E assim o fez, tentando rastrear a fonte da energia negativa.

— Sei que procura poder, mortal, e conheço sua razão. Você é leal a suas convicções, e não teme o que precisa fazer para conquistar seus objetivos. Acredito que podemos, ambos, beneficiarmo-nos com sua servidão — anunciou a entidade.

— Do que devo chamá-lo? — respondeu Kurtshov, escondendo a ansiedade.

— Se precisa se referir a mim, basta usar o termo "mestre" — disse a manifestação ancestral.

— Sobre o acordo, o que propõe? — seguiu o conselheiro, tentando não revelar o desagrado.

O mal-estar de Kurtshov piorava conforme a entidade parecia não gostar de seu tom, e ela exclamou:

— Você fala como se tivesse escolha, mas, na realidade, se não aceitar meus termos, serei forçado a lhe provocar uma punição inimaginável. Entenda, mortal, nenhum de sua espécie pode saber de minha existência.

Kurtshov pensou por um breve instante e disse, com honestidade:

— Você está certo sobre mim. E, sim, estou muito interessado em ouvir o que tem a dizer. Porém, se eu não estiver de acordo, aviso, morrerei com tranquilidade. Esta é a minha única chance de fazer algo importante além de servir a esses simplórios incompetentes. E se não for de meu agrado, sei que não tenho outra saída em vida.

As palavras do conselheiro não agradaram o ser e, por consequência, Kurtshov o sentiu em si, invadindo seu corpo e sua essência.

A sensação ruim no ambiente piorou, e o ser, enfurecido, exclamou:

— Mortal, cuidado! Você não está mais lidando com as criaturas inferiores que você manipula com tamanha facilidade. Sou mais antigo do que a história de sua espécie e vi coisas que sua mente é incapaz de sonhar.

O conselheiro sentia uma pressão ao redor do corpo, como se uma mão gigante o apertasse, ao mesmo tempo em que a sensação depressiva e o vazio aumentavam.

Ele juntou suas forças e suplicou:

— Perdão, não quero insultá-lo.

— Não tenho piedade, não o libertarei de seu fracasso e sofrimento. Não lhe darei a morte. Sua punição será mais profunda do que o Vale dos Esquecidos — seguiu a manifestação.

O conselheiro foi então assolado por sensações horríveis: sentia ânsia; seu coração acelerou, assim como sua respiração; sua visão ficou turva, seus ouvidos, fracos; pensamentos negativos invadiram sua mente de forma incontrolável e ele foi repentinamente tomado por uma angústia inédita. Se não estivesse imobilizado, Kurtshov teria tirado a própria vida naquele instante.

— Matarei sua família e você assistirá, um por um, sem pressa e sem aviso. Depois arrancarei sua língua e limitarei seu poder de raciocínio ao de um bêbado. Você será condenado a caminhar por estas terras como um tolo, uma piada ambulante — avisou a criatura das sombras.

Os lábios de Kurtshov tremiam enquanto seus olhos marejavam, e ele, por fim, cogitou ter se equivocado e estar arrependido. Naquele instante, a projeção elemental de Krohagen se direcionava para o norte do muro de Caedhur, atraída pela carga maligna e também pelo sofrimento do irmão.

De repente, a entidade emitiu um curto riso pavoroso e a sensação horrível ao redor de Kurtshov diminuiu conforme o ser anunciava:

— Mas sei valorizar a verdade que proferiu. E agora retribuirei sua honestidade com a minha, mortal: estou caçando uma essência ancestral, como a minha. Acordei neste plano há não muito tempo e ainda não tenho força suficiente para detectá-la. Portanto, precisarei de seus serviços no plano físico de existência.

Kurtshov, tentando se recuperar, presumiu:

— Eu já matei antes, posso matar novamente. Preciso apenas saber quem rastrear. Tenho muitos recursos, espiões e batedores...

— Não. Ainda não acredito que o ciclo corpóreo de meu alvo tenha iniciado. Portanto usarei você de outras maneiras — exclamou o ser, interrompendo-o.

— Certo. De que forma, diga-me, por favor — seguiu Kurtshov, intrigado.

A essência de Krohagen já percorria os lados de fora dos muros, atraída pela situação. Não era difícil para o Guardião do Norte rastrear a manifestação profana, mas se manter tanto tempo em projeção e tão longe de seu corpo não era uma tarefa simples naquele momento de exaustão elemental.

Enquanto isso, o ser respondia o conselheiro próximo dali:

— Você e seu irmão têm muito poder correndo em suas veias. São descendentes diretos dos arslanteanos exilados no Grande Êxodo. Posso sentir fragmentos de essências superiores e milenares em vocês. Conheço seu passado com a Ordem dos Guardiões do Norte. Os padroeiros elementais o rejeitaram apenas por medo de se tornar muito poderoso e eles não serem capazes de o domesticar como fazem com o seu irmão. Mas eu darei a chance que lhe foi privada. Você é digno de meu apadrinhamento, de ser meu emissário. Dependendo de seu comportamento e de suas vitórias, talvez até meu general. — Kurtshov se mostrava recuperado do choque, refletia sobre as palavras de forma orgulhosa e sentia sua sede por poder voltar a crescer. – Existe outra aqui que possui dentro de si resquícios dos antigos arslanteanos: a curandeira – concluiu a entidade. Kurtshov fez cara de estranheza, demonstrando decepção por ser equiparado a Navath. O ser prosseguiu: – Se suas linhagens forem combinadas, gerarão frutos sem igual.

Kurtshov refletia. A ideia não era de seu agrado, porém parecia simples demais, então indagou:

– É só isso?

A entidade permaneceu estática, encarando-o imóvel e de forma não natural. Parecia estar prestes a atacá-lo. A ansiedade do conselheiro crescia a cada instante, até que o ser respondeu:

– Por ora, sim. Deixarei uma diminuta fração de minha essência em você. Será o suficiente para que se torne uma força soberana sem rivais entre os seus. Mas ela também se impregnará em sua semente e, conforme for passada para frente, estará sob minha influência ao chegar a hora. Quando acontecer, uma de suas descendentes de poder nunca antes visto nascerá e ela será minha.

– Quando será a hora? – questionou Kurtshov, curioso.

– Quando eu souber que a essência que procuro estiver para se manifestar em seu mundo. Agora me diga, qual sua decisão, mortal? Aceitará minha dádiva e tornar-se-á uma lenda? Ou um corpo ao chão? – respondeu o ser de forma ameaçadora.

Kurtshov não podia recusar, nem queria, no entanto desconfiava e se questionava sobre a facilidade de tudo.

Naquele momento, Krohagen conseguiu projetar sua essência perto o suficiente para ouvir o restante do diálogo entre o irmão e a entidade sombria ancestral.

– Aceito. Farei como comanda – anunciou Kurtshov, selando o pacto e, junto dele, seu destino.

— Então vá agora e faça um filho naquela que nomeei. Não passe desta noite — proferiu a manifestação.

Kurtshov, antes de conseguir responder, testemunhou espantando as sombras no teto do recinto se tornarem volumosas, como que se destacando das velhas tábuas e formando um tornado de fumaça negra. Em seguida, a massa sombria se afunilou e penetrou seu corpo com violência. A voz deixou de existir do lado de fora e retornou para dentro de sua mente, profetizando:

— Quando o filho do Sol chegar, a trazedora da noite estará pronta. A soberana da morte glacial. Ela poderá ser reconhecida pela pele assustadoramente branca e pelagem clara como a neve. Ela entregará o trazedor da luz em minhas garras para me alimentar de seu sofrimento pela eternidade e então eu reinarei supremo por éons de escuridão absoluta.

Krohagen não teve mais forças para se manter ali e foi sugado para junto de seu corpo, onde pairou desacordado.

Kurtshov sacou a adaga, escondeu-a entre suas vestes e partiu dali às pressas. Voltava para casa observando o ambiente. As cores não retornavam, ele não sentia o frio do inverno ultherano, não sentia cheiro algum, havia perdido o sono, não se sentia mais exausto, nem sentia sede ou fome.

Por outro lado, parecia detectar a força vital das pessoas e animais ao seu redor sem precisar vê-las. Ele percebia algo crescendo dentro de si, tomando suas veias, penetrando sua mente e se espalhando tão fundo que corrompia sua essência. Enfim, refletia sobre sua barganha. Tudo o que tinha que fazer era um filho em Navath e um de seus descendentes tomaria seu lugar de confiança junto da entidade no futuro.

Kurtshov jamais havia sido rejeitado em situação de flerte e de cortejo, contudo a sobrinha bastarda era um desafio e tanto mesmo para ele. E se ela recusasse? Qual a alternativa? Pensamentos sombrios começaram a tomar conta da mente do conselheiro, ainda atormentado, até que chegou em casa.

19

ACORDOS EXTRAPLANARES

Ele se direcionou logo para os fundos do terreno, nos aposentos modestos do criado jastariano. Abriu a porta, revelando o quarto escuro onde o homem dormia. Kurtshov não mais precisava de velas ou tochas, podia se guiar no escuro, e ordenou:

— Carcimnius, vá até a choupana ao norte de Caedhur entre o bosque e o vale. Tem um serviço lhe aguardando. Será recompensado.

O serviçal, sem demonstrar espanto ou desagrado, apenas se vestiu e saiu em silêncio.

O conselheiro respirou fundo, entrou na casa e seguiu em silêncio absoluto até o recinto onde Navath dormia sozinha. Ele entrou em seu quarto escuro. A jovem feiticeira estava convalescente, tinha gastado energia demais no combate contra a aberração arslanteana e, assim como Krohagen, deveria permanecer naquele estado por dias. Kurtshov testou sua teoria, levantando o velho cobertor sobre o corpo dela e revelando a jovem vestida com a camisola da esposa. Reparou no corpo da garota, tinha coxas fortes, quadril largo, cintura fina e seios pequenos, mas proeminentes. Em seguida, levantou a saia dela, expondo-a, e então parou, refletindo sobre a perda de suas virtudes e padrões morais. Seria aquilo pior do que já havia feito? Até onde estava disposto a ir? Estaria se degradando ou era fruto de sua recente mudança?

Respondeu a si mesmo da seguinte forma: já havia selado o pacto com a entidade, agora precisava honrá-lo. Além disso, esse era o preço pelo poder que precisava para destronar os Andragdas e liderar Ulther na defesa contra Kaspor. O conselheiro afastou as pernas da jovem. O homem suava e tremia. Kurtshov emanava suas emoções de forma tão intensa, que chegou a despertar a garota do sonho no qual estava presa com a criança branca e a criatura hedionda. Porém, Navath ainda não era capaz de mover o corpo, ela apenas sentia Kurtshov em seu quarto, junto dela, com intenções malignas, sofrendo um furacão de emoções conflitantes, perturbado e angustiado. Então, assim como Krohagen havia feito antes, ela se esforçou para manifestar sua essência ali.

— Por que está aqui, senhor?

Kurtshov, aflito, ouviu a pergunta da sobrinha dentro de sua mente quando estava prestes a violar seu corpo.

Ele respirou, aliviado, retrocedeu e, após breve reflexão, respondeu da mesma forma como ela se comunicava, sem abrir a boca ou emitir um som sequer:

— Tenho uma proposta para você, Navath.

— Sinto a maldade profunda em seu coração — respondeu ela, insegura e desconfiada.

Ele suspirou impaciente e seguiu:

— Fique comigo e com sua tia em Caedhur. Você terá sua própria família, sua própria casa e nunca mais precisará se preocupar com nada. Além disso, prometo que não a perturbarei mais.

Ela se sentia confusa com as próprias emoções e vontades e investigou:

— E o que eu teria de dar em troca?

Kurtshov não foi capaz de se conter e bufou, com pesar, avisando:

— Carregará minha semente. Acontecerá apenas uma vez, hoje, agora e nunca mais. Depois você estará livre para criar a criança aqui em Caedhur e eu a deixarei em paz.

Navath estava incrédula frente a tal proposta e permaneceu em silêncio, atônita.

Kurtshov seguiu seu argumento:

— Direi ainda mais uma vantagem em aceitar minha proposta, sobrinha. Você sempre quis ser uma pessoa comum e levar uma vida normal, estou certo? — As palavras do homem chamaram sua atenção mais uma vez, no entanto ela, ainda em estado de choque, permaneceu em silêncio, conforme ele falava: — Fui um aprendiz da Ordem há muitos invernos e conheço seus modos. Conheço a relação com os padroeiros elementais. Sei que quando você perder sua inocência, perderá também seus poderes. E ganhará uma vida normal, de uma pessoa comum.

A jovem por fim conseguiu reunir forças e vencer a aflição para responder:

— O que me propõe é um absurdo repugnante! Por favor, deixe-me!

— Escute, menina. Vou dizer apenas uma vez! — bradou o conselheiro, perdendo a paciência.

Ela então tomou coragem e arriscou:

— Você não consegue, não é mesmo? — Ele arregalou os olhos contra ela e permaneceu em silêncio pela primeira vez. — Não é capaz. Isso é muito baixo até mesmo para um crápula como você. — Kurtshov foi quem ficou sem respostas. — Você precisa do meu consentimento. Caso contrário, já teria feito. Afinal, não tenho condições de resistir.

Kurtshov se tornou furioso, mas, ainda agindo com calma e naturalidade, sentou-se ao lado de Navath na cama. Sobre a mesinha, estava um belo arranjo de plantas e flores cheirosas que a tia deixara ali com carinho. O conselheiro encarava as flores ao dizer:

— Sabe, Navath, meu patrono extraplanar é benevolente, diferente dos de vocês, Guardiões amantes do equilíbrio.

— Do que fala? — inquiriu a jovem, confusa.

— Eu já perdi minha inocência de todas as formas imagináveis, com homens e mulheres, e ainda mantenho meus poderes — seguiu ele, rindo.

Ela confrontou:

— Mas o senhor não tem p...

— Veja, caso não aceite minha proposta, o que acontecerá com sua querida tia — interrompeu ele.

Kurtshov levou a mão sobre o arranjo, canalizou energia espectral ali em forma de um vapor escuro e, em instantes, as flores murcharam e secaram, virando pó sobre a mesinha. Navath, abismada, entrou em choque com a ameaça do tio e, naquele momento, teve um lampejo.

Ela viu o conselheiro se desfragmentar e sumir no ar à sua frente. Em seguida, as paredes de toras e blocos de pedra foram rasgadas como papel por videiras grossas e poderosas, que brotaram do chão como serpentes gigantes. Uma delas se enrolou ao redor da cama e levou Navath consigo para as alturas. De repente, ela já não mais estava em Caedhur, ou Soltin, pelo que soubesse. As videiras gigantes a levaram aos pés de uma árvore titânica, maior do que qualquer coisa já vista ou imaginada, deixando a Cordilheira Dedos Congelados à sombra, como pequenos morros. Aquela árvore era tão grande, que não caberia em Soltin. Na verdade, Soltin caberia várias vezes nela.

A visão era um espetáculo divino de cores e movimentos. Daquela árvore exuberante e colossal, galhos não paravam de nascer e de crescer e, deles, folhas e flores infinitas. E nunca secavam ou morriam. Em vez das flores caírem, delas brotavam pássaros de todos os tamanhos e cores. As revoadas dos bandos eram como nuvens coloridas e cada ave daquelas saía botando ovos, que eram sementes para novas árvores.

As folhas eram imensas e cada uma possuía seu próprio ecossistema, como um pequeno mundo. As videiras surgiam de cima e de baixo e se entrelaçavam eternamente em um movimento hipnotizante. Entre a folhagem, o tronco e os galhos, civilizações inteiras e raças diferentes cresciam e coexistiam em harmonia. Além dos incontáveis tipos de animais habitando entre eles, infinitas cachoeiras e rios desciam sem parar das copas pelo tronco, produzindo um efeito magnífico. Ao seu redor, outras como ela, mas menores, surgiam semeadas pelos pássaros mágicos e se espalhavam da mesma forma ao horizonte sem fim.

De repente, a árvore colossal destacou de seu tronco uma forma dormente e dali se revelou uma figura feminina. Estava incrustada na árvore, sua pele era de casca de madeira, como o tronco, seus olhos pareciam esmeraldas presas em dois nós, seus braços eram galhos e videiras, seus cabelos eram folhas e flores. Navath foi sugada para perto da face daquela força da natureza, que exalava poder, exuberância e vida de forma muito intensa. A garota se sentia oprimida pela carga elemental exalada, seus sentidos estavam sobrecarregados e ela chorou, emocionada. Ela era apenas uma iniciante na Ordem dos Guardiões do Norte, contudo sabia o que aquilo significava. Estava frente a um dos patronos elementais, talvez o mais poderoso de todos e também sua madrinha soberana.

Foi quando ouviu a mesma voz onipresente que ouvia em seus sonhos:

— Pela primeira vez, sou vista por um dos meus filhos. Seja bem-vinda aos meus domínios. Aqui você não tem o que temer. — A jovem permanecia atônita, em choque, e não respondeu. — Sei que não fala muito, filha, por isso explicarei apenas o necessário e a enviarei de volta. — As esmeraldas colossais focaram em Navath, sugando sua atenção, e a entidade suprema proclamou de forma altiva: — Minha doce Navath, não a escolhi apenas por sua pureza e benevolência, mas você herdou o dom da clarividência de seus antepassados arslanteanos. Essa é a única razão pela qual me vê e me ouve como nenhum feiticeiro jamais interagiu com seu padroeiro antes. Você e aquele pobre homem perdido têm uma função a cumprir neste mundo. Existe uma força poderosa crescente no Vale dos Esquecidos e, até agora, sou a única a perceber sua presença. O homem prometeu um dos seus descendentes a ela. Se sua essência for combinada à dele, como ele propõe, você presenteará seu poder às suas gerações, não só sua dádiva, como também suas virtudes, trazendo equilíbrio ao ser gerado. Assim o fruto de tal união pode ser a chance de nos defender da ameaça que cresce nas sombras. A decisão é sua, minha querida. Quem carregará o fruto é você, em seu corpo. — Navath tentava assimilar as informações ao mesmo tempo que lidava com a sobrecarga elemental e sensorial à qual era submetida. De repente, as videiras foram afastando Navath da padroeira enquanto ela dizia: — Conheço seu sofrimento e seu martírio, minha filha. Saiba que sempre a amei e para sempre a amarei. — A jovem assistia à entidade se afastar e via aquele ambiente magnífico se tornar pequeno no horizonte. — Sacrifício é sua herança e seu legado.

Ela ouviu uma última vez a mesma frase de seus sonhos e, em um piscar de olhos, estava de volta ao quarto escuro com o homem sombrio.

Para ele, nada havia ocorrido. O tempo não passara e ele não percebeu nada. Navath já havia decidido de acordo com sua natureza e, de forma sóbria, avisou:

— Vou deixá-lo sozinho com meu corpo para fazer o que precisa. Seja rápido.

Ela sabia que não sentiria nada. Antes que pudesse sair, porém, Kurtshov, demonstrando surpresa, alertou:

— Você dirá que tal gravidez foi fruto de seu encontro com Tomhir nos últimos dias. Assim não manchará seu nome como sua mãe e ainda trará conforto à família do rapaz, que a acolherá como uma filha.

Navath ainda rebateu:

— Você quer evitar suspeitas sobre ti. Seja franco. Mas aceito. Agora vou para bem longe e volto num instante. Não esteja mais aqui então.

Por muitos motivos, o conselheiro obedeceu, foi rápido e deixou o recinto o quanto antes. Ele caminhava pelo corredor, aliviado por ter cumprido sua parte do pacto com a entidade sombria e satisfeito com o poder que crescia dentro de si. Ele também refletia sobre a gravidez da garota. Logo que Krohagen soubesse a respeito, seria forçado a deixá-la e a abandonar o treinamento. Kurtshov tinha interesse em acompanhar o fruto de tal união e torcia para que fosse a menina que ainda não tinha.

20

TREVAS, TRANSFORMAÇÃO E VERGONHA

Nos dias seguintes, jarl Tarin forçou Kurtshov a passar um relatório detalhado da aventura do grupo. Mas o homem se tornava cada dia mais sombrio e introspectivo. Isolava-se em seu escritório e lá ficava por horas. Após alguns dias, nem pelo clamor dos filhos voltava para casa, tampouco pela notícia da gravidez da esposa, comprovando a hipótese de Navath dias antes. Apenas Carcimnius, o misterioso feitor jastariano, visitava-o livremente e cada vez com mais frequência. O sumiço da camponesa de Frilsthir foi investigado por alguns dias. Seu corpo nunca foi encontrado e presumiram que tivesse fugido com algum viajante das Praias Cinzentas.

Krohagen permaneceu em estado de transe, recuperando-se, por uns dias. Navath levou mais tempo. Era visitada todos os dias por Johuuk, o xamã de Caedhur, e pela curandeira. Jehalli também levou dias para estar fora de risco e convalescer.

O Guardião do Norte despertou e logo teve de aprender a lidar com a cicatriz elemental que o acompanhava como uma ferida aberta, sempre vazando suas reservas energéticas em doses quase imperceptíveis. E também aprendia a escondê-la dos comongus.

Muitos demonstravam asco com a visão, outros pena, e alguns, curiosidade. Contudo, para ele, aquilo significava a derrota e seria motivo de vergonha entre seus colegas de Ordem.

Krohagen estava ansioso para questionar o irmão sobre o trecho da conversa estranha que ouvira na madrugada após retornarem para Caedhur. O feiticeiro temia que o irmão tivesse se aliado à entidade maligna e ancestral da qual Grathal Kaar os alertara no bilhete em seu esconderijo. Tentou com insistência se aproximar do irmão, mas sem sucesso. O conselheiro havia mudado de forma drástica após a jornada. Kurtshov tinha feito as pessoas de Caedhur e sua jarl acreditarem que se tratava de um trauma decorrente do incidente no subterrâneo. Krohagen, entretanto, sabia que havia algo diferente ali. Até mesmo a luz do dia parecia incomodar o irmão. O criomante percebia também uma carga energética estranha e desconhecida para ele ao redor da vila.

Krohagen, ao saber que Halgeria esperava mais um filho, assumiu que o que ouvira o irmão conversando naquela madrugada estranha tinha a ver com a gravidez da esposa. Talvez não fosse nada de mais. Ainda assim, merecia mais investigação. O feiticeiro estava ansioso para levar todos os assuntos à sua líder, Taellana, a Avalanche, porém não partiria sem Navath e Jehalli.

Pouco depois de Krohagen, foi Jehalli quem se manifestou. À alvorada de uma manhã fria, os curandeiros não a encontraram em sua cama. Não foi nada difícil rastreá-la por Caedhur, bastou seguir o tumulto e o alvoroço. A batedora acordara se sentindo recuperada e recobrou a consciência dos infortúnios pretéritos. Logo deixou os aposentos onde convalescia e, furiosa, partiu em busca de respostas. Ela interceptou Kurtshov ainda na praça e ali mesmo o interrogou, sem se importar com a multidão que se aglomerava ao redor. Ao saber dele que a empreitada catastrófica não havia rendido nada, passou a agredir o conselheiro com seu único braço, descontrolada. Jehalli jamais voltaria a disparar uma flecha de seu longo arco. Seu orgulho de desbravadora ultherana havia sido ferido de forma irreparável e isso era para ela quase tão revoltante quanto a morte de Valikhur e Tomhir.

Surgiu então Krohagen apartando a briga, permitindo a Kurtshov deixar a praça em direção ao seu refúgio enquanto o Guardião tentava acalmar a caçadora desolada.

Foi apenas na lua cheia seguinte, quando a desbravadora já estava bem e impaciente para partir, que a jovem Navath despertou. Logo que Krohagen a encontrou, sentiu algo diferente nela, embora fosse incapaz de decifrar o quê. Era uma mudança drástica e, antes mesmo de ela se pronunciar, ele sabia que não seria de seu agrado. O criomante, evitando expressar qualquer reação frente às sequelas da jovem pelo esforço elemental no combate contra a aberração arslanteana, começou de forma alegre:

— Querida Navath! Pelas graças de Latyria você está bem! — Ele a abraçou de forma afetiva e continuou, antes de ela conseguir falar: — Agora me conte. Como foi seu primeiro sono elemental? — Ele aguardava a resposta animado, entretanto, vendo a expressão séria no rosto da pupila, desmanchou seu sorriso e insistiu: — Ora, minha cara, o que foi?

— Perdão, senhor Krohagen, mas acredito que tenho más notícias — disse Navath, desconfortável e com a voz ainda mais baixa pelo sono prolongado. Ele revezava sua atenção entre a garota e seu cachimbo. — A padroeira soberana já não me favorece mais. — Krohagen deixou o cachimbo cair da boca com a revelação catastrófica da garota. *Será essa a mudança que senti?*, pensou. — Portanto, não faria sentido eu seguir contigo para a torre da Ordem. Sinto muito. Ficarei em Caedhur.

Ela tinha dificuldade em se manter o encarando, e ele revezava o olhar entre a jovem e o cachimbo no chão.

O criomante, incrédulo, interrogou-a ainda com os olhos arregalados:

— Como? O que aconteceu?

Ela abaixou a cabeça, ruborizou e soltou em tom quase inaudível:

— Cedi aos prazeres mundanos.

— Quem? Quando? — indagou Krohagen, ainda espantado e inconformado.

Ele também ficou encabulado ao fim de suas perguntas desajeitadas e se abaixou para juntar o cachimbo e as cinzas do chão.

— Tomhir. Na caverna enquanto vocês dormiam — contou ela, ainda com a cabeça baixa e a voz quase sem volume.

— Bem, talvez ainda exista esperança. Dizem que o próprio Grathal Kaar deixou uma prole perdida por Ulther. Talvez apenas uma vez não signifique que perdeu seu apadrinhamento — balbuciou Krohagen, confuso e intrigado.

— Sei que perdi. Estou sozinha. Não ouço mais a orientação de minha madrinha elemental. Não sinto mais a conexão com seu plano de domínio no Além-Véu — insistiu a jovem, de forma mais enfática, levantando a cabeça.

— Deixe-me levá-la até Taellana. Vamos ver o que ela diz, sim? Não temos nada a perder — tentou Krohagen, frustrado.

A insistência do feiticeiro começava a incomodar a garota.

Para a surpresa de todos, uma voz inconfundível, imponente e fria anunciou da porta:

— Você ouviu a vontade de Navath, bruxo. Agora a respeite.

Krohagen olhou para Kurtshov, que o encarava de maneira impositiva e de braços cruzados. O Guardião do Norte se tornava a cada dia mais intrigado e desconfiado com os eventos ao redor de Caedhur e do irmão.

— Senhor Krohagen, olhe dentro de meus olhos. Verá que perderam o brilho — concluiu Navath, tentando evitar o conflito.

Devagar, o feiticeiro voltou o olhar para a garota. Em seguida, projetou a luz hibernal de seus olhos contra os dela. Logo ele se levantou, desolado.

— Está certa de que deseja ficar?

Ela apenas balançou a cabeça de forma submissa e ele lhe deu as costas, rogando:

— Que Latyria proteja seu caminho, querida Navath. Obrigado pela hospedagem, irmão.

— Eu vou protegê-la agora. Boa viagem — despediu-se Kurtshov, vendo o irmão partir.

Krohagen deixou a casa decepcionado e frustrado com todos os eventos decorrentes da empreitada sob o grande hall de Caedhur. Aquela era a primeira derrota dele em nome da Ordem. Ele sentia vergonha ao andar pela cidade, cabisbaixo, sem vontade de encarar as pessoas ao seu redor. Contudo, o bom feiticeiro ainda tinha esperanças de que aquele tivesse sido apenas um contratempo. Ele acreditava que em breve retornaria com a Feiticeira Suprema do Norte, com quem conduziria uma nova investigação na vila e pelos portais.

Ele se juntou a Jehalli, que já estava preparada para partir. E assim fizeram. Iniciaram a longa jornada a noroeste nos primeiros dias do inverno rigoroso de Ulther. Cavalgaram em velocidade reduzida por conta do burro de carga. Após várias luas, atingiram o assentamento dos Farenheimn, a oeste. Krohagen descansou por um dia e seguiu sozinho a galope. O Guardião do Norte chegou na torre de sua Ordem no meio do inverno e, para sua surpresa, a líder e os outros feiticeiros não haviam retornado.

Teria ela ignorado seu recado, ou nunca o recebido, ou, ainda, estaria em apuros? Poderia Kurtshov estar certo sobre os riscos de tal reunião?

O feiticeiro enviou outra ave. Dessa vez, do próprio viveiro da torre. Animais que só eram utilizados em emergências extremas. Krohagen permaneceu na torre, junto de outra Guardiã do Norte que havia ficado tutorando os pequenos aprendizes. Ele aguardou impaciente e impotente. Apenas o que lhe restava fazer nas luas seguintes era praticar seus feitiços, meditar, entrar em comunhão com sua padroeira hibernal e fumar seu cachimbo.

Foi apenas ao fim da primavera que o destacamento de Guardiões do Norte retornou das Terras Baixas, liderados por Taellana, a Avalanche. Todos estavam deslumbrados e eufóricos com os modos sulistas.

Krohagen, por sua vez, revoltado ou contaminado pelas cismas do irmão, não foi capaz de se interessar pelos costumes e pela cultura kasporiana. Tudo o que queria era relatar sua jornada fatídica para a líder de sua Ordem.

Krohagen não conseguiu se reunir com ela a sós ao chegar. Então, nos dias seguintes, aguardou os outros Guardiões deixarem a torre para retornarem às suas práticas e se juntou a ela no terceiro andar. A imponente feiticeira estava de costas, de pé em frente a uma das janelas circulares, admirando a majestosa Cordilheira Dedos Congelados ao longe, como gostava de fazer.

A líder dos Guardiões tinha longos e grossos cabelos acinzentados enrolados em uma trança que descia até a cintura. Vestia sua longa túnica roxa escura e o manto de penas de corvos lhe cobria os ombros e a metade das costas. Ao perceber que não estava mais sozinha, ela se virou, revelando sua feição séria. O movimento de seu corpo fez com que seus diversos colares, brincos e pulseiras de pedras e gemas exóticas chacoalhassem, produzindo sons.

Aqueles minérios estranhos não eram conectados nem amarrados por barbantes ou fios, mas flutuavam magicamente, formando os acessórios da geomante.

A mulher começava o inverno de seus dias, no entanto ainda demonstrava muito vigor e energia. Seus olhos projetavam luz marrom intensa, muito mais intensa do que a de Krohagen ou de qualquer outro feiticeiro daquela época. Ela percebeu o estado de aflição do Guardião e disse, de forma imponente, com sua voz profunda e firme:

— O que o incomoda, Bafo Gelado?

— Perdão, mestre. Mas por qual razão não atendeu meu chamado? Ou sequer me respondeu? — disse ele, aproximando-se.

Ela apertou as ralas sobrancelhas, levou uma mão às cordas enroladas na cintura enquanto a outra sacava o cajado rochoso apoiado na parede.

— Não recebi mensagem alguma, Krohagen. Do que fala?

— Mandei um pombo da rocha de Caedhur e outro daqui da torre. Ambos para Kaspor, endereçados à senhora — explicou ele, intrigado.

Ela esboçou um sorriso e respondeu ao que mancava apoiada no longo cajado até a poltrona junto de uma grande mesa.

— Ah, compreendo. Os kasporianos recebem todas as aves em uma central e então redistribuem as mensagens aos destinatários. Devem ter se atrapalhado...

Krohagen começava a desconfiar. As teorias do irmão surgiam em sua mente, mas ele logo voltou ao assunto principal:

— Enquanto estiveram fora, atendi a convocação da jarl Tarin, de Caedhur. O resultado não foi positivo, inclusive, e acredito que requer sua atenção pessoal.

Ele aguardava uma reação da líder, que se sentou na grande poltrona junto à mesa, demonstrando interesse em seu relato.

A líder dos Guardiões do Norte apontou para um dos bancos do outro lado da mesa e ele se sentou ali. Logo passou a relatar todos os detalhes da situação, desde a galeria subterrânea, o cadáver do Guardião do Norte renegado, os portais, as visões de Navath, as criaturas que habitavam as areias de Khol Naduf, a aberração arslanteana no topo do vulcão guardando os segredos de Kaar, até seus avisos. Explicou com pesar as mortes, o grave ferimento de Jehalli, a demonstração de poder incrível de Navath, seguida de sua renúncia, e a mudança de comportamento do irmão. Os dois últimos de forma muito suspeita para ele. Ao fim, entregou-lhe a luva exótica que encontrara na câmara secreta do fundador da sua Ordem.

A Feiticeira Suprema acompanhava com atenção extrema os relatos do colega. Ao fim, após um longo período reflexivo em silêncio, ela anunciou:

— Você agiu bem em trazer essas informações a mim antes de as revelar aos outros. Eu irei contigo até Caedhur e conversaremos com Tarin.

Ele suspirou aliviado e exclamou em gratidão:

— Eu sabia que poderia contar com sua sabedoria, mestre. Posso providenciar nossa partida para amanhã cedo...

No entanto, foi interrompido pela líder, que demonstrava discordância em sua expressão:

— Calma, Bafo Gelado. Não vejo em seu relato motivos para a pressa. Iremos juntos. Um dia. Quando os caminhos da Ordem nos levarem para o leste ou não houver outras atividades mais importantes...

Ele a interrompeu em um rompante nada condizente com seu feitio.

— Você não compreende a gravidade da situação, Taellana! Precisamos recuperar o artefato...

Ela se levantou projetando energia elemental de cor marrom no colega e bradou:

— Lembre-se de a quem se refere, Guardião! — Ele se silenciou e se curvou, envergonhado, frente à repreensão da líder. Após breve silêncio desconfortável, ela retomou: — Você não tem provas de que o artefato está com seu irmão. E não faz parte dos modos de nossa Ordem intervir na autonomia dos jarls ultheranos. Não podemos simplesmente aparecer em Caedhur invadindo a residência do conselheiro e revirar o lugar em busca de algo que nem conhecemos. E tem mais, tal relíquia pode nem mais estar em Caedhur e seria impossível encontrá-la, isso se ainda existir.

Ele voltou a encarar a mestre e suplicou:

— Perdão, Taellana. Eu me exaltei. Não se repetirá, mas a questão...

Ela o interrompeu mais uma vez, e ele abaixou a cabeça de forma submissa.

— Krohagen, sua descoberta é incrível para nossa Ordem. Recuperar os escritos de Kaar é importante, mas antes preciso analisar as informações lá contidas. Nem todo conhecimento arcano e elemental é para os olhos dos mais jovens. Algumas coisas devem permanecer em segredo. Entenda que nada disso é urgente ou uma prioridade — concluiu ela, aguardando a reação do colega, que permaneceu pensativo por alguns instantes.

— Acredito que Kurtshov conjurou uma entidade extraplanar na mesma noite em que saímos da galeria subterrânea. Acredito que fez alguma barganha ou aliança com ela — avisou Krohagen, ainda cabisbaixo e em tom contido.

— Você viu isso com seus próprios olhos? Jura por Latyria? — interrompeu-o Taellana, mais uma vez.

O Guardião levantou a cabeça e explicou:

— Eu estava em sono elemental. Apenas consegui projetar minha essência perto o bastante para ouvir o fim da conversa entre ambos...

Ela suspirou, balançando a cabeça e avisou:

— Krohagen, sei o quanto Grathal Kaar é importante para ti. É para mim também e para nossos irmãos e irmãs de Ordem. Mas não agiremos de forma tirana e precipitada, nem em desacordo com os ensinamentos. — Ele se levantou, frustrado, pronto para se retirar, porém ela ordenou: — Espere. Ainda não terminamos. — Krohagen retornou, cabisbaixo. Ela mudou sua feição para uma expressão mais alegre e anunciou: — Venha, vamos ver a luva.

Ele se aproximou para acompanhar a análise arcana. Ela a examinou com esmero, fechou os olhos e moveu a palma da mão sobre o item, emanando aura elemental de coloração marrom.

— Você está certo, Krohagen. Kaar usava esta luva para manusear um artefato muito antigo e profano. Existe uma carga residual desconhecida aqui, maligna, mas é tão sutil que não nos permite saber nada além disso. Apenas que faz ao menos dois séculos. — Ela sorriu e devolveu o item ao feiticeiro. — Aceite esta luva como recompensa de sua Ordem por sua dedicação e descoberta tão importante. Sei o quanto significa para ti.

Ele se curvou com gratidão, soltando em voz baixa:

— Obrigado, senhora Taellana.

Enquanto ele caminhava para a porta, ela ainda ordenou, de forma altiva:

— Lembre-se, Guardião: tal assunto fica apenas entre nós.

Ele gesticulou de forma positiva e deixou a sala de estudos, desolado.

21

A MUDANÇA DE PLANOS

Krohagen acreditava na urgência em desvendar o mistério de Caedhur. Estava certo de que sua líder tinha sido negligente, contudo o criomante era leal a seus votos e não agiria por conta própria ou contra a orientação da mestre. As luas passavam, mas o Guardião não era capaz de esquecer o assunto. Dedicou-se aos treinamentos elementais de forma mais intensa do que antes, mais do que os colegas; deixou de ser alegre e falante; tornou-se silencioso, introspectivo, sempre perdido em seus próprios pensamentos e na fumaça de seu cachimbo. Taellana acreditava que o feiticeiro agia daquela forma para se distrair do assunto, porém Krohagen sentia que precisava se tornar mais poderoso e acumular energia elemental para o dia em que retornasse a Caedhur.

Até que, em plena primavera, o criomante, em um de seus estudos elementais, produziu um feitiço desmedido e causou um cataclismo tão intenso no Reduto do Vale Ocidental, que quase trouxe o inverno de volta para as Terras Altas. Foi quando a Feiticeira Suprema do Norte percebeu que ele precisava se afastar, ou jamais esqueceria o assunto. Ela lhe pediu para se preparar para viajar ao sul, com destino a Kaspor, onde ficaria por período indeterminado como representante da Ordem junto ao Sindicato Arcano, trocando conhecimento.

O criomante sabia que, na verdade, Taellana queria afastá-lo das Terras Altas e frias. Nas terras quentes do sul, sua padroeira hibernal tinha pouca influência. O feiticeiro ficou em choque com a notícia e foi apenas então que cogitou desobedecer a líder e seu ordenamento. Ele passou as luas seguintes se preparando para tal façanha. Assim que os preparativos para a longa viagem estivessem prontos e ele partisse, mudaria seu rumo para Caedhur em segredo.

Durante o verão, entretanto, apenas alguns dias antes da partida de Krohagen, tudo mudou com a chegada de uma caravana de suprimentos vinda do leste e que havia passado pelo assentamento dos Farenheimn. Junto das entregas, veio uma correspondência de Jehalli, trazendo notícias temerosas:

Amigos e amigas Guardiões do Norte, espero que esta os encontre bem. Sinto lhes entregar notícias tão pesadas, mas acredito que sua atenção é necessária nos assuntos de Caedhur. Meus batedores avisaram que, pouco tempo após termos deixado a vila ao início do inverno, descobriu-se que Navath carrega uma criança, além de Halgeria, que já sabíamos. Neste momento, as crianças já devem estar para chegar. Johuuk, o bom xamã de Caedhur, morreu. Suspeitam que tirou a própria vida, mas, como sabem, suicídio contradiz os modos xamanísticos ultheranos. Por fim, o mais grave: jarl Tarin adoeceu e os curandeiros acreditam que é apenas uma questão de dias até que esteja junto de Jovark. O povo diz que o vilarejo está amaldiçoado. E depois do que passei naquele lugar, não duvido.

Jehalli Farenheimn.

Krohagen, aflito e reflexivo, anunciou para Taellana, que terminava de ler, apreensiva:

— Se Navath está grávida, talvez a criança que ouvi Kurtshov prometendo seja sua filha. Mas teria ela mentido para mim sobre Tomhir? Por qual razão ela faria isso?

— Os apadrinhados pela grande Matriarca da Vida são dados a sacrifícios — arriscou Taellana, com sabedoria.

— Ela foi coagida por Kurts — acrescentou Krohagen, preocupado.

— Sinto muito, Krohagen. Sinto vergonha por não ter dado atenção aos seus instintos e intuições — proclamou a líder, demonstrando temor.

— Estamos nisso juntos, mestre. Ainda há tempo para reverter o mal que ajudei meu irmão a trazer sobre Caedhur — respondeu apressado o criomante, expressando culpa e empatia. Ela acenou sua concordância de forma determinada. — Precisamos investigar o que se passa em Caedhur. Nossa descida à galeria e a viagem pelos portais despertou algum mal sobre a vila. E se a filha de Navath é também de Kurtshov, precisaremos ficar atentos a tal criança. Acredito que essa gravidez seja fruto de seu pacto com a entidade de que Kaar falava. Talvez Navath corra riscos lá, talvez Kurtshov a tenha mantido sob ameaça — terminou, preocupado.

— Precisamos chegar a Caedhur antes de Tarin se juntar aos Antigos. Se tivermos seu apoio, poderemos resolver isso da melhor forma possível. As famílias de Jovark e de Tarin sempre foram fiéis aliadas da Ordem — concluiu a líder, exaltada.

Krohagen, empolgado, pediu:

— Cavalgue comigo, minha líder. Vamos juntos a Caedhur livrar o povo do mal que se abate dentro de seus muros, mesmo que isso signifique me opor a meu irmão — encerrou em tom sombrio.

Ela concordou e de imediato se prepararam para partir.

Taellana avisou aos outros feiticeiros que precisaria averiguar a situação em Caedhur, mas que, naquele momento, não poderia entrar em detalhes e deveriam retornar em breve. Eles estranharam Krohagen ter sido o escolhido para acompanhá-la, entretanto, após os últimos meses de dedicação extrema do criomante e suas mudanças, não questionaram a decisão. Apesar da cicatriz elemental gravada em sua mão, o resultado de seus treinos, seu poder e a confiança da matriarca hibernal estavam estampados na forte projeção ocular do feiticeiro.

A Feiticeira Suprema do Norte e o leal Guardião cavalgaram para o leste em meio ao sutil verão ultherano. Viajavam leves, apressados e suplicando a bênção dos padroeiros elementais em prol de sua causa. Fizeram uma rápida parada no povoado dos Farenheimn apenas para reabastecer e seguiram a galope no mesmo dia.

Nos últimos dias do verão, aproximavam-se de Caedhur quando Taellana, de forma nostálgica, decidiu compartilhar uma memória com o colega de Ordem:

— Lembro-me de quando encontrei você e seu irmão pela primeira vez. Eu sabia que eram prodígios, mas um de vocês era muito especial. Era difícil distinguir e detectar qual, uma vez que não se separavam nunca. Portanto, decidi levar os dois comigo para o Reduto. Seus pais ficaram muito honrados. Eram verdadeiros mantenedores das tradições.

Krohagen era confrontado com lembranças antigas, que havia muito tempo não surgiam em sua mente. De fato, ele e o irmão eram unidos como nenhum outro par de irmãos. Ele se recordava do quanto os dois se divertiam jogando julund'hur e do quanto o irmão se gabava das vitórias frequentes.

A Avalanche retomou seu relato.

— Aqueles eram os últimos ciclos de Rutherhov à frente da Ordem, mas ele ainda teve tempo de tutorar vocês. Entretanto, ele me alertou sobre Kurtshov...

— O que ele disse? — questionou Krohagen, emocionado.

— Ele avisou que Kurtshov não despertaria. E, se o fizesse, tornar-se-ia um renegado — seguiu a líder, concentrada.

— Como Pravell? — arriscou Krohagen.

— Sim. Existem alguns casos, mas mantemos em segredo. Às vezes, os padroeiros elementais escolhem uma criança pura e bondosa, que, com o tempo, se torna um adulto que não mais se alinha com os ensinamentos de Kaar e não mais busca o equilíbrio. Então acaba perdendo seu apadrinhamento e seus poderes, deixa de ser um Guardião e se torna um pária — seguiu ela.

— Você já sabia de Pravell, mesmo antes de eu descobrir sua história em Caedhur. Por que esconder isso de nós? — questionou Krohagen, confuso.

— É muito raro acontecer. Não há necessidade de colocar a credibilidade dos patronos em risco incentivando o paradoxo — explicou Taellana, reticente. Krohagen refletia sobre os argumentos da líder, que seguiu: — Kurtshov costumava se esgueirar furtivamente para dentro da biblioteca de madrugada. Queria ler os tomos proibidos e, sem ninguém por perto, ele conseguia. Após algum tempo, deixei de confundir sua sede por poder com curiosidade, sua ganância com dedicação nos treinamentos, e sua rivalidade hostil com competitividade. Perdoe-me por ser tão franca.

Krohagen, ainda emocionado, lembrando-se do pequeno irmão, cuja mão vivia em seu ombro e da risada inocente em seus ouvidos, respondeu:

— Não se preocupe, mestre. Não há vergonha ou equívoco em proferir a verdade, nem a mais dura delas.

Uma pequena gota cristalizada rolou dos olhos de Krohagen.

Taellana sorriu, balançando a cabeça, concordando, e continuou:

— Assisti a você despertar, abençoado pela soberana hibernal com muito orgulho. A matriarca de Ulther! Depois, Vadhell foi escolhida pelo patrono incansável que sopra eternamente sobre nosso mundo. Em seguida, Sorvhill despertou sob o apadrinhamento do mais antigo de todos, o senhor imóvel das montanhas, das rochas e da terra em que pisamos. Meu próprio patrono elemental! Mas Kurtshov não desejava ser apadrinhado por um dos padroeiros. Ele já havia escolhido o seu alvo. Queria se associar ao mais silencioso e cauteloso de todos. Queria se tornar um piromante, como Grathal Kaar. Foi quando compreendi que não havia mais esperanças para o pequeno de olhos intensos.

Ambos galopavam distraídos pelas lembranças de outrora.

— Kurtshov ficou desolado ao ser levado de volta para casa. Sua dor, tão irreparável, e sua gana por se tornar um Guardião do Norte se transformaram em ódio pela Ordem — acrescentou Krohagen, após breve silêncio.

— Ele enfim revelou sua verdadeira essência. Espanto-me de ele não ter buscado o caminho profano dos bruxos desgarrados — explicou Taellana, mais uma vez concordando.

— Acredito que meu irmão não buscava especificamente poderes mágicos, elementais, arcanos. Ele buscava poder, de qualquer forma que fosse. E entendeu que seu verdadeiro dom era sua língua hábil, seu raciocínio rápido e seu intelecto imbatível — rebateu Krohagen.

— Não se esqueça daquele olhar expressivo e ameaçador — adicionou Taellana em tom jocoso.

Ambos riram, quebrando o clima pesado das duras memórias.

Krohagen então retomou seu raciocínio:

— Foi assim que ele chegou ao posto de conselheiro de Tarin. E poderia se tornar o principal conselheiro de Togak Andragdas em Ultelhir com facilidade.

— Nunca deveria tê-lo levado para a torre. Deveria tê-los testado separados. Iludi-me com a possibilidade de ambos serem abençoados e me comovia a ideia de separá-los. Errei, não fui forte — admitiu Taellana, demonstrando remorso.

Percebendo seu lamento e seus olhos marejados, Krohagen interveio:

— Você fez o que acreditava ser certo à época. Não se culpe por isso, mestre. Você ainda era uma jovem feiticeira e não a sábia, experiente e poderosa Avalanche de hoje.

Ela logo enxugou as lágrimas e voltou ao semblante sério.

— Obrigada pelas palavras, querido Krohagen. Agora se prepare, lá estão os portões de Caedhur.

22

PEREGRINOS NA ESCURIDÃO

Atingiram as proximidades de Caedhur na metade de uma tarde muito fria e nublada, acompanhados por uma leve garoa. Aquele clima estranho sobre o vilarejo não condizia com o fim do período da marcérea. Os feiticeiros sentiam a influência dos padroeiros elementais comprometida naquela região — os pássaros estavam silenciosos e entocados, o vento trazia um lamento sofrido, e as nuvens expressavam tristeza em suas cores. A própria terra sob suas montarias reclamava em reação à energia dos pés que a tocavam. O fogo nas tochas ardia fraco e sem vontade. A garoa crescente ali era o choro dos patronos.

Ao se aproximarem, perceberam que a muralha fora reforçada com grandes blocos de pedra e toras pontiagudas. Em seguida, avistaram algo nada convencional. Nas torres, os brasões de Ulther estavam pintados de vermelho em bandeiras pretas. Os feiticeiros se entreolharam desconfiados e, chegando junto dos grandes portões fortificados, espantaram-se mais uma vez. Não receberam as boas-vindas costumeiras dos vilarejos ultheranos para com os Guardiões.

Ali quatro soldados mal-encarados, usando tabardos pretos com brasões ultheranos sobre as armaduras e o elmo de bronze tingido de preto, encaravam-nos de forma ameaçadora.

— Não temos mais camas. Sigam para Sjonehir — bradou o encarregado de forma rude.

— Não precisamos de cama, senhor. Peço apenas para visitar minha velha amiga, jarl Tarin — respondeu a Feiticeira Suprema, do alto de sua montaria, projetando sua luz ocular sobre eles.

— Tem algo muito errado aqui. Não deveriam existir portões fechados para a Feiticeira Suprema do Norte em Ulther — reclamou Krohagen, revoltado, enquanto os soldados cochichavam.

Ela concordou com a cabeça para o colega e os quatro soldados abriram os portões, mantendo as feições hostis.

Eles entraram conforme a garoa se tornou chuva. E mais uma vez estranharam o que viram. Parecia uma cidade fantasma. Nenhuma criança corria e brincava com a água, nenhum cachorro, gato ou animal sequer à vista, nem os trabalhadores em seus percursos diários, ou o som das canções que acompanhavam suas rotinas. A taverna estava silenciosa como um cemitério. As casas, malcuidadas, com as janelas fechadas; nem as chaminés exalavam fumaça. Os feiticeiros, desconfiados e espantados, seguiram trotando pela lama em direção ao grande hall. As únicas pessoas que encontraram ao redor foram os soldados de preto, que começaram a surgir das sombras de cada ruela, de cada esquina, de trás das construções, e permaneciam encarando-os de forma ameaçadora e em silêncio ainda mais sombrio.

— Caedhur nunca teve tantos soldados — sussurrou Krohagen para a líder.

— Espero não termos chegado tarde demais — respondeu ela, preocupada.

Seguiram sob a chuva e os únicos sons que ouviam eram os cascos dos cavalos na lama e as gotas caindo com mais intensidade ao redor. A entrada do grande hall estava ainda mais fortificada do que os portões da vila.

— O que querem aqui? — gritou um dos soldados.

— Viemos falar com a jarl — explicou Taellana, destemida, ao que o soldado reagiu com uma gargalhada e ela insistiu: — O que tem de engraçado, senhor?

Ele então fechou a cara e retrucou:

— Você solicitou uma audiência?

Ela sabia que estava sendo provocada, mas respondeu com autoridade:

— Sou amiga e aliada de Tarin. Tenho assuntos urgentes para tratar com sua jarl.

Ele não mudou a expressão.

— Não estou autorizado a permitir audiências não planejadas.

— Acredito que o senhor possa abrir uma exceção para a Feiticeira Suprema do Norte e o irmão do conselheiro — tentou mais uma vez Taellana, ainda paciente.

Os soldados riram mais uma vez, e os dois feiticeiros, montados, entreolharam-se, preocupados.

O soldado mal-educado entrou no grande hall sem dizer nada, deixando os dois para trás, na chuva. Os outros soldados que caminhavam a passos lentos pela cidade os cercaram de forma sinistra. Krohagen não reconhecia aquelas pessoas de sua última visita a Caedhur e se questionava sobre a razão da expansão do contingente armado do vilarejo. Os inúmeros soldados de preto não se importavam com a chuva e se aproximavam cada vez mais dos feiticeiros. Taellana e Krohagen cogitavam ter de usar seus poderes contra aqueles guardas estranhos e ameaçadores. Foi quando a porta voltou a se abrir e o soldado avisou:

— Me acompanhem.

E acenou enquanto os aguardava com a porta entreaberta.

Os dois Guardiões desmontaram e seguiram para o interior do grande hall, escoltados por meia dúzia daqueles soldados silenciosos e medonhos. O salão estava escuro, apenas o longo braseiro cercado mantinha o ambiente na penumbra. Ao avançarem ali dentro, tiveram, por fim, a maior de todas as surpresas, pois quem se sentava no trono como jarl era Kurtshov, ao lado de sua esposa, Halgeria, que segurava um bebê enrolado em uma manta. Ao lado de Kurtshov, estava um homem misterioso, vestindo a indumentária do capitão da guarda. Os feiticeiros caminhavam devagar em direção aos governantes do vilarejo, sob a escuridão daquele hall opressivo.

Krohagen estranhou a imagem do irmão, que mal reconheceu. Kurtshov tinha olheiras fundas, estava ainda mais pálido do que o normal e parecia acometido por algum tipo de peste. Conforme caminhavam, o jarl anunciou de forma sarcástica:

— Meu irmão e minha antiga mestre. A que devo a honra de surpresa tão... inusitada?

Ambos pararam à sua frente e Krohagen soltou:

— O que aconteceu aqui, irmão?

— Esconda essa pedra nojenta! — exclamou Kurtshov, com a mão sobre os olhos, demonstrando aversão.

O criomante se intrigou com a repulsa do irmão à pequena lasca da Gema da Alvorada que trazia em seu pescoço, mas o respeitou, escondendo o cristal brilhante entre suas vestes enquanto dizia:

— A Primeira Luz nunca o incomodou antes, irmão. Por que isso agora?

— Pois é um símbolo da idolatria supersticiosa de sua Ordem. E Caedhur não tolera mais o subjetivismo místico. Uma nova Era nasce! Uma Era de racionalismo. Uma em que os feiticeiros deixarão de existir — respondeu o jarl sombrio, sem titubear.

Krohagen sabia que aquela não era a resposta verdadeira, e sim a retórica e o raciocínio rápido de Kurtshov em ação. O irmão escondia a sensibilidade à luz com seu discurso estranho.

— Onde está jarl Tarin? — questionou Taellana, desapontada.

— Está sob a Colina da Lamúria, junto de seu marido. Se preferir ter uma audiência com ela, fique à vontade — bradou Kurtshov, altivo.

Ele tinha um sorriso maligno em seu rosto ao concluir a frase.

— O que aconteceu em Caedhur, Kurts? Por que se senta aí? Para que todos esses soldados de preto? — insistiu Krohagen.

— Não devo satisfação a ninguém, nem mesmo à sua Ordem cega e retrógrada. Mas direi o seguinte: Tarin me nomeou antes de partir para junto dos Antigos, pois sabia que nenhum de seus filhos tem condições de liderar Caedhur frente à iminente invasão kasporiana — exclamou Kurtshov, expressando repúdio.

— Onde está a garota Navath? — seguiu a Avalanche, tentando manter a paciência.

Halgeria demonstrou incômodo ao ouvir o nome da sobrinha, e a criança em seu colo começou a resmungar.

— Está na Colina da Lamúria também. Ela e a criança — respondeu Kurtshov, ainda mais descontente. Os feiticeiros, incrédulos, nem tiveram tempo de se manifestar, e o jarl seguiu, zangado: — Minha paciência se esgota. Vocês ainda não responderam o que querem em Caedhur.

— Você sabe o que queremos — soltou Krohagen, inconformado.

— Existe um portal sob Caedhur que faz parte do patrimônio da Ordem. Foi usado por Grathal Kaar e ainda contém documentos e relíquias que são de nossa propriedade. Queremos apenas acessá-lo e não lhe incomodaremos mais — respondeu Taellana, apoiada com força no cajado.

Kurtshov encarava ambos com seu olhar mais horripilante e disse, de forma impositiva:

— Sua Ordem não tem propriedade ou patrimônio em Caedhur. Nossas portas estão fechadas para vocês. Já trouxeram sofrimento o suficiente em sua última visita.

A Feiticeira Suprema do Norte, demonstrando revolta, deu um passo à frente, apoiada no bordão rochoso, e bradou com sua voz poderosa:

— Como ousa desafiar a Ordem e proclamar uma mentira de forma descarada?

O homem misterioso ao lado de Kurtshov desembainhou uma espada diferente, uma cimitarra, nunca vista ou forjada nas Terras Altas, e se pôs em posição de combate. Krohagen reconheceu o novo capitão de Caedhur, era o feitor jastariano de Kurtshov. Taellana retrocedeu, deixando sua sabedoria e parcimônia prevalecerem.

— Vocês não são bem-vindos em Caedhur. Devem deixar a vila. Mas como sou um líder benevolente, deixarei que digam seu adeus e reabasteçam seus suprimentos para a viagem de volta ao seu covil.

Taellana ainda tinha muitas perguntas, embora pensasse que não conseguiria nada daquele homem desprezível. Ele estava determinado a não colaborar. Krohagen, no entanto, manifestou-se de forma calma e tranquila, caminhando pacificamente em direção a Halgeria e à criança.

— Tenho certeza de que me permitirá conhecer meu sobrinho antes de partir, não é, irmão?

Kurtshov observou desconfiado o avanço do irmão.

— É uma menina. Seu nome é Krishtara — anunciou, orgulhoso.

O capitão jastariano ainda se manteve a postos. Já a mãe segurava a criança cada vez mais escondida em seu colo.

— Imagino que ela seja parecida contigo, Halgeria — anunciou Krohagen, sorridente, ao passo que a mulher ainda se esforçava para esconder a menina. — Vamos, deixe-me ver seu rosto.

De repente, a mulher teve um surto e gritou:

— Saia daqui, seu animal!

O jastariano sinistro avançou contra o feiticeiro, que retrocedeu, horrorizado.

— Deixem-nos! Deixem Caedhur! Vocês têm até o anoitecer. Depois disso, serão considerados intrusos e tratados de acordo — anunciou Kurtshov, com expressão de ódio.

Assim os feiticeiros deixaram o grande hall, frustrados e derrotados.

— Não reconheço meu irmão, nem mesmo Halgeria. Seus comportamentos mudaram drasticamente, assim como tudo em Caedhur — sussurrou Krohagen para a líder, já do lado de fora do salão.

— Tem algo estranho ocorrendo aqui, Bafo Gelado. Você estava certo. Pode estar relacionado com os segredos de Kaar. Seu irmão esconde algo.

— Além de esconder a própria filha dos olhares de todos — soltou Krohagen, desconfiado.

Ambos seguiram pelas ruelas barrentas da cidade, sob a chuva forte e o céu nublado, que anunciava a noite. A projeção energética ocular deles não percebia movimento algum em Caedhur, nem mesmo os soldados de preto espreitavam ao redor.

23

LUZ NAS TREVAS

Perambularam até encontrar um armazém aberto. Um casal de jovens silenciosos os atendeu com olhares tristes. Após os feiticeiros pagarem por suas compras e darem uma bela gorjeta, tentaram:

— O que aconteceu em Caedhur nas últimas luas? — interrogou Taellana, com expressão amigável.

O homem permaneceu em silêncio; sua jovem esposa, contudo, avisou em voz baixa, quase inaudível:

— A cidade está amaldiçoada.

E logo foi recriminada pelo marido assustado.

— Como assim, amaldiçoada? Explique, por gentileza — pediu Krohagen, curioso.

Ele cedeu mais um punhado de moedas de cobre e a jovem soltou, no mesmo tom contido:

— As pessoas ficam doentes, crianças nascem mortas, viajantes desaparecem ao redor e essa maldita chuva...

— Como meu irmão se tornou jarl? — insistiu Krohagen, alvoroçado.

A garota olhou várias vezes ao seu redor. O marido suava, e ela proferiu no volume mais baixo capaz de produzir:

— Tarin o nomeou antes de morrer. Seus filhos não ofereceram oposição. Estão doentes. Todos estamos...

— Chega. Não devemos mais conversar — interrompeu o marido, demonstrando sinais de pavor.

— Perdão, Guardiões, mas vocês precisam partir — seguiu a esposa.

Então enxotaram os feiticeiros por um nítido medo extremo de represália.

Ainda com algum tempo até o anoitecer, Avalanche sugeriu:

— Que tal darmos uma olhada na Colina da Lamúria?

— Temos pouco tempo. Você vai até lá e eu tentarei investigar a praça da vila — argumentou Krohagen, pensativo.

— Não acho que seja seguro nos separarmos aqui — rebateu a líder, apreensiva.

Krohagen refletiu e concordou com um lamento:

— Não acredito que chegamos a esse ponto, mestre.

Eles seguiram para a colina mais alta, quase fora do vilarejo, onde os mortos de Caedhur eram enterrados havia séculos. No caminho, comentaram sobre o quanto era suspeito e nada convencional um conselheiro se tornar um jarl. Nunca na história de Ulther uma dinastia fora rompida sem o envolvimento de combate.

Ao chegarem ao topo da colina, avistaram as covas delimitadas pelas pedrinhas e flores murchas acompanhadas dos monólitos de blocos de pedras sobrepostas para as respectivas pessoas ali sepultadas, como era costume em Ulther. Demoraram para encontrar a cova de Navath e de sua criança, que estavam juntas. Era a última cova próxima ao muro, com poucas flores e menos pedras sobrepostas, quase como se tivesse sido escondida dessa forma. Ambos detectaram resíduo elemental na cova, mas muito sutil para reconhecerem detalhes.

Perceberam o homem alto e esquálido caminhando, apático, seguido por um velho perdigueiro igualmente raquítico. Ele trazia uma pá em uma mão e um lampião apagado na outra.

Taellana chamou sua atenção:

— Senhor coveiro.

O homem não respondeu nem sequer os olhou.

Krohagen partiu em sua direção.

— Ei, homem, espere.

Ele virou o rosto cadavérico para eles, expressando desgosto, e se manteve em silêncio.

— Em nome da Ordem dos Guardiões do Norte, precisamos lhe fazer algumas perguntas — anunciou Taellana, de forma imponente.

Ele apenas resmungou e voltou ao seu trajeto enquanto Krohagen tentou persuadi-lo:

— É sobre a garota Navath. Podemos pagar.

O velhaco se voltou para eles ainda com a expressão retorcida e estendeu a palma da mão trêmula. Krohagen batia em suas vestes procurando seus recursos. Por fim, voltou-se à líder e sorriu encabulado. Taellana, impaciente, soltou sobre a mão do coveiro algumas moedas de cobre e ele se pronunciou com a voz rouca:

— Não sei quem é a garota. Todos são iguais para mim.

— A mestiça. De cabelos brancos como o leite e a pele bronzeada como os antigos elmos dos soldados — explicou Krohagen.

O homem logo arregalou os olhos e exclamou:

— Ah, sim!

— Fale o que sabe sobre ela e a criança — apressou-o Taellana, percebendo a proximidade da noite.

O coveiro adotou uma expressão sombria ao dizer:

— Eram muito diferentes. A criança tinha a pele branca e o cabelo negro, ao contrário da mãe.

Então soltou uma risada falha e se virou de costas, chamando o cão.

— Senhor, o que mais pode nos contar? — insistiu Krohagen, determinado.

Mas o coveiro seguiu seu caminho, silencioso.

— Devemos falar com a parteira. Você sabe onde mora? — questionou Taellana, e Krohagen confirmou.

Seguiram a passos largos em direção ao aglomerado de casas simples do lado oposto de onde estiveram antes. Precisaram bater várias vezes na porta de madeira rústica do casebre até serem atendidos.

— Quem está aí? — perguntou uma voz falha e feminina de dentro da casa.

— Taellana, a Avalanche, a Feiticeira Suprema do Norte. Venho em assunto oficial de minha Ordem e preciso de sua ajuda.

Após um breve momento de silêncio, a porta se abriu apenas uma fresta. Dali o rosto de uma velha mulher magra surgiu, seu olho, de cantos enrugados, incrédulo, piscou várias vezes até acreditar que estava frente a dois feiticeiros.

— Entrem, por favor.

Ambos atenderam a parteira, com pressa.

Ela estava emocionada, eufórica e assim continuou:

— Se não fossem por seus olhos, eu jamais acreditaria! — Lágrimas corriam de seus velhos olhos por seu rosto sofrido. — Os Antigos atenderam minhas preces! Vocês vieram! Vocês vieram para ajudar, sim? Livrar nossa cidadela da maldição?

— Sim, mas para isso precisamos de sua colaboração — anunciou Krohagen, confiante.

Ela, ainda chorosa, acenou positivamente enquanto segurava com força a mão de cada um deles, demonstrando gratidão sem igual.

— A senhora conduziu o parto de Navath? — começou Taellana, direto ao ponto.

A parteira balançou a cabeça.

— Não. Jarl Kurtshov não me permitiu sequer chegar perto.

— Você sabe como aconteceu? — insistiu Krohagen.

Ela refletiu e respondeu soluçando:

— Aconteceram dois partos ao mesmo tempo naquela noite. Da senhora Halgeria e da doce Navath. Mas apenas jarl Kurtshov e o capitão jastariano estavam presentes e fizeram o parto das duas sozinhos. — Os Guardiões do Norte trocaram olhares desconfiados, e ela concluiu: — Navath perdeu a criança e a vida ao fim da noite. A família de Tomhir ficou desolada. A possibilidade de um neto era sua última esperança.

Ambos ouviam a história com estranheza e pensativos.

— Quem disse que o filho era de Tomhir? — inquiriu Krohagen, ainda mais desconfiado.

— O próprio jarl Kurtshov — explicou a parteira.

— Muito conveniente responsabilizar um homem que não poderia se defender — soltou Taellana, reflexiva.

— O que mais a senhora pode nos contar sobre o fato? — seguiu Krohagen.

Ela pensou um pouco.

— Não muito, apenas que nunca vimos os corpos. E nunca vimos a pequena Krishtara, filha dos jarls.

— A senhora esteve com Tarin durante sua moléstia? — perguntou Taellana, apressada.

— Não. Apenas Johuuk, o xamã, esteve com ela. Mas o pobre não suportou ver o declínio de Caedhur e tirou a própria vida — avisou a parteira, chorosa.

— Você sabe como foi? — perguntou Krohagen, curioso.

— O boato é que ele produziu e ingeriu um veneno muito forte. Seu corpo foi encontrado seco, pálido e encolhido no chão de sua tenda, como uma uva-passa. Nenhuma marca, ferida, corte ou hematoma — disse ela.

Krohagen foi ficando cada vez mais intrigado. Taellana interrompeu a conversa, percebendo a chuva se intensificar do lado de fora.

— Precisamos ir.

— Vocês não vão nos abandonar, não é mesmo? Vieram nos salvar! — suplicou a parteira, aflita.

Taellana a encarava com afeto e com pena ao que Krohagen avisou:

— Sim, viemos para resolver o problema.

A líder então o puxou para fora da casa da parteira agradecida.

A noite acabava de se abater sobre o vilarejo sombrio, a chuva era intensa e nenhum dos soldados de preto estava à vista. Ambos se esgueiraram pelas ruelas do aglomerado de casas até um beco longínquo próximo aos muros.

— Anoiteceu... O que faremos agora, mestre? — questionou Krohagen, preocupado.

A resposta foi interrompida por um grito esganiçado vindo do chão perto deles.

— Fantasmas! São os Antigos? Vieram me buscar finalmente!

Voltaram suas atenções para um homem bêbado e em estado deplorável, sentado no chão e encostado na muralha de Caedhur.

Krohagen correu para junto dele exclamando:

— Soldado, eu o reconheço! Você abriu o alçapão para nós quando voltamos da galeria subterrânea sob o grande hall.

O bêbado se esforçava para manter o foco em Krohagen e reclamou entre soluços:

— Ah, é o bruxo...

O Guardião do Norte, apressado, interrogou o homem:

— Amigo, conte-me o que aconteceu em Caedhur após eu e Jehalli deixarmos a vila.

Taellana tirou de sua bolsa uma porção do alimento recém-comprado e a entregou ao homem faminto, que passou a comer na própria palma da mão.

— Vamos! Diga-nos o que tornou Caedhur neste mausoléu.

Ambos aguardavam uma resposta do bêbado com a boca entupida de comida.

— Querem um boato? Pois inventaram um filho para Tomhir, coitado — disse o homem, com a boca cheia e atrapalhado.

— Por que diz que inventaram? — interrompeu ela.

E ele logo explicou:

— Ora, todos os soldados sabiam que o capitão não tinha gosto pelas damas. Nunca ia ao bordel conosco... — Ele então olhou para os lados e soltou, em voz baixa: — Rumores diziam que ele tinha um caso de romance com o conselheiro Kurtshov. Ou seria jarl Kurtshov? Eu não sei...

Krohagen acenou para a líder, confirmando o boato do bêbado.

— O que mais? Por que você acabou em tal situação, homem? — insistiu ela.

— Os poucos guardas que não concordaram com os métodos do novo capitão foram substituídos. O jarl contratou muitos soldados novos. Parece se preparar para uma guerra. E ele nem sequer divulgou o recrutamento. As pessoas simplesmente surgem nos portões e ganham a farda preta. E só os de mau caráter aparecem. É como se Caedhur só atraísse coisas ruins e pessoas ruins também – disse ele, terminando de engolir a comida, com uma expressão sombria ao concluir em tom tétrico.

– Não podemos partir. Não podemos deixar Caedhur neste estado – anunciou Taellana, de forma temerosa, ao colega.

– E o que faremos? – quis saber Krohagen, preocupado.

– Quero investigar o tal portal por onde vocês viajaram – explicou ela.

– Concordo que precisamos averiguar. Mas como? Não podemos ser vistos pela cidade, e com certeza o grande hall e a entrada da galeria subterrânea estarão protegidos – respondeu o colega, motivado.

– Você conhece a vila e já esteve lá embaixo. Nós seguiremos por onde apenas nós podemos ir, por onde ninguém pode nos ver ou nos interromper – anunciou a líder.

Ele sorriu e, entendendo, disse:

– Vamos pelo Além-Véu. Você quer planoportar?

– Sim, não há outro jeito. Você deve me guiar até lá – respondeu ela.

– Você nunca nos viu aqui! – exclamou Krohagen, entusiasmado, ao bêbado. Em seguida, o feiticeiro agarrou o braço da mestre e exclamou: – Estaremos dentro das linhas inimigas. Sugiro acumularmos energia excedente para uma eventualidade.

Ela concordou, lançando um olhar destemido e segurando no braço do colega. Ambos dedicaram alguns momentos recitando palavras mágicas no dialeto ancestral da Ordem e seus corpos foram envoltos por aura elemental. Eles ergueram os cajados energizados e, ao baterem suas bases no chão, foram engolidos por uma implosão energética colorida.

24

UMA RIXA ANTIGA

Em um instante, os experientes feiticeiros foram levados pela vila e para dentro da galeria sem serem notados. Ao fim, seus corpos se materializaram no amplo recinto com o grande monumento circular em forma de serpente. As projeções elementais oculares de ambos e seus cajados iluminavam a câmara inteira. Enquanto se recuperavam do modesto gasto energético, observavam o ambiente ao redor. Tudo estava como antes, até mesmo o cadáver de Pravell, no chão. Taellana, maravilhada, estudava o portal.

— Incrível! — exclamou ela, chamando a atenção de Krohagen.

— Incrível como vocês são previsíveis. — A famosa voz veio de trás deles, interrompendo o estudo da grande estátua.

Krohagen fechou os olhos, abaixou a cabeça e, sem se virar para trás, lamentou:

— Kurts.

O jarl sombrio, vestindo sua indumentária de combate, entrou na câmara lentamente.

— Eu sabia que vocês, feiticeiros teimosos, não desistiriam.

Krohagen e Taellana se viraram e se encontram encurralados pelo jarl e por cinco soldados de preto com as armas expostas. Eles não traziam tochas nem lampiões.

— É nosso direito estar aqui. Você obstruiu a ação da Ordem dos Guardiões do Norte, conselheiro — afirmou Taellana, de maneira impositiva.

— Use o termo correto referente ao meu posto atual, bruxa! — replicou Kurtshov, enfurecido.

— Por acaso o rei Togak Andragdas validou sua tomada de poder? Não passa de um usurpador! — bradou ela.

— Estou salvando Ulther inteira sozinho. Ao fim da grande guerra que se anuncia, vocês todos agradecerão a mim! — rebateu ele, ficando cada vez mais nervoso.

O clima entre a antiga mestre e seu ex-pupilo se tornava agressivo. Quando Taellana estava para responder, Krohagen a interrompeu em um rompante:

— Quem é a criança que você e sua esposa criam, irmão?

Kurtshov torceu a boca, espremeu os olhos e respondeu, debochado:

— Deixe a conversa para os adultos, Krohagen.

— Você sabe do que falo. Aquela criança é filha de Navath, não é? — insistiu o irmão, sem se intimidar.

— Você está louco, irmão! As viagens extraplanares finalmente cozinharam seu cérebro — disse Kurtshov, em tom jocoso e seguindo com seu olhar horripilante.

Krohagen apontou para o irmão e acusou:

— Você matou Navath no parto! Matou seu próprio filho com Halgeria e entregou a criança prometida à sua esposa como sendo dela para a criar sob sua guarda. Você enganou a todos, mas não a mim. Tornou-se suas próprias trevas e abdicou de sua luz!

Kurtshov não foi capaz de forçar uma risada e, mais nervoso, questionou:

— Você é criativo, irmão. Agora me explique que história é essa de criança prometida.

— Sei que você tem o artefato proibido de Grathal Kaar. Sei que o usou para conjurar algum tipo de entidade e fez algum acordo com ela. Sei que prometeu a geração de uma criança — respondeu Krohagen.

Kurtshov encarava o irmão com seriedade, em silêncio sepulcral. Seu olhar era ainda mais horripilante do que antes.

— Você nos entregará o artefato e deixará o cargo de jarl, Kurtshov. Em nome da Ordem dos Guardiões do Norte! — ordenou Taellana.

— Você pode tentar, Avalanche. Quer medir seus poderes com seu pupilo rejeitado? — ameaçou o jarl, com um sorriso maligno.

— Você não quer começar uma guerra com a Ordem, Kurtshov. Acredite em mim! — exclamou, altiva, a Feiticeira Suprema do Norte.

O jarl não usava sua armadura preta em vão e, com a espada bastarda ainda na bainha às costas, respondeu:

— Vocês são os intrusos aqui, não eu. Se alguém começou alguma guerra, foram vocês. E aceite o que digo, velha mestre, estou preparado para uma guerra muito pior do que a que tem a me oferecer.

— Tenho certeza de que encontraremos uma saída pacífica. Vamos conversar, irmão — exclamou Krohagen, tentando conciliar.

Kurtshov anunciou:

— Estou cansado de debater com quem não está em meu nível. E estou cansado de vocês bisbilhotando por Caedhur como se houvesse um crime a ser investigado — anunciou Kurtshov.

O jarl sacou a longa e densa espada, empunhando-a de forma hostil, enquanto os soldados, com olhares furiosos, ficaram em guarda, ansiosos por combate.

— Kurtshov, não tome nenhuma atitude precipitada. Ainda existe saída para você. Pense em sua família — apelou a Feiticeira Suprema do Norte.

— É por eles que faço isso! Por toda Ulther. Vocês, cegos simplórios, estão entre mim e a salvação de nossas terras, nosso lar, nossa cultura e nossa liberdade!

Assim o jarl corrompido de Caedhur partiu brandindo sua espada no alto contra eles, seguido dos cinco soldados, que portavam martelos e machados de guerra. Eles não contavam, claro, com a preparação elemental prévia dos Guardiões. Ambos, já energizados, produziram seus feitiços. Krohagen levitou, tomado pela aura hibernal de sua padroeira. Seus olhos iluminavam os inimigos à frente, e seu cajado, envolvido por energia, apontava na direção deles.

— *Winvern Olteon!* — exclamou, por fim, e ergueu Eixo Glacial, evocando, do chão ao teto, poderosas estalagmites que impediram a passagem dos soldados, presos pela formação gélida poderosa.

Kurtshov foi capaz de frear seu avanço de forma ágil, mas um dos soldados ficou preso entre os espinhos gélidos, gritando em agonia. Ao mesmo tempo, Taellana levantou o cajado e desceu a ponta contra o chão, evocando as palavras mágicas:

— *Aejel Tuhug Teon!*

A descarga elemental percorreu o solo até encontrar as rochas, os blocos de pedra e a terra no canto oposto, onde estava parcialmente soterrado o corpo de Pravell. De repente, os minérios começaram a se empilhar conforme a terra do solo se aglutinava entre eles. Em poucos instantes, as pedras e a terra se juntaram em forma de uma figura antropoide, de pernas curtas, ainda que densas, com tronco reforçado, sem cabeça e com braços longos e poderosos. O golem rochoso partiu contra os soldados encurralados contra a parede gélida.

— Destruam essa barreira a qualquer custo! — ordenou Kurtshov, correndo contra o golem pedregoso.

A criatura animada atingia naquele instante seus quatro soldados, que investiam contra as estalagmites com seus martelos e machados, produzindo rachaduras nas estruturas congeladas. Um dos soldados, percebendo a aproximação do golem, virou-se para trás em guarda e, assustado, antecipou-se ao ataque da criatura e lhe cravou o machado no tronco, sem obter efeito algum. Em seguida, o ser de pedras desceu seus poderosos braços sobre o pobre soldado, que sucumbiu esmagado ao chão.

A criatura, então, teve seu tronco atravessado pela poderosa lâmina da espada bastarda do jarl. Kurtshov, com força e destreza, logo retirou a espada do orifício e seguiu atacando com amplos golpes sequenciados em diagonal, atirando lascas para o alto e criando rachaduras em seu corpo. Isso chamou a atenção do golem para si, livrando seus três capangas restantes para se ocuparem da barreira cristalizada de Krohagen.

Do outro lado, os feiticeiros tiveram tempo de evoluir seus rituais de canalização com os padroeiros elementais, buscando seus auxílios. Krohagen percebia algo diferente no irmão, ele lutava com mais ferocidade, força e agilidade do que o normal. Já Taellana sentia energia profana emanando ao redor deles e acreditava que vinha do jarl usurpador. A sábia líder acelerou sua evocação, percebendo que os três soldados atacavam arduamente a mesma região da barreira, até que seus martelos e machados criaram uma abertura suficiente para passarem.

Logo que conjurou os poderes de seu patrono, a feiticeira levitou, cercada por aura marrom intensa e seus olhos projetaram energia mais luminosa do que antes. Ela gritou:

— *Oej Tuhug Olteon!*

A aura luminosa se dissipou, sendo substituída por minérios de ferro, diamantes, gemas coloridas e outras rochas nativas, que pairavam no ar ao seu redor. Conforme os oponentes atravessavam a barreira glacial de Krohagen, as dezenas de pedras passaram a orbitar com violência ao redor da geomante, deixando apenas um rastro luminoso e zumbidos ameaçadores no ar.

— Venham, opositores do equilíbrio, se têm coragem! — gritou ela.

Um dos soldados avançou contra a feiticeira enquanto os outros dois se direcionavam contra Krohagen. Para a surpresa da Guardiã, o primeiro dos soldados a passar pela fissura nas enormes estalagmites se atirou contra ela em frenesi absoluto, brandindo seu machado de forma caótica. Por instinto, ela retrocedeu, bloqueando a investida com seu cajado, confiando no feitiço. O soldado enlouquecido foi perfurado diversas vezes pelas gemas que a rodeavam em velocidade extrema. Mas a lâmina do machado parou no antebraço da geomante, que se protegia, ao que o corpo do oponente tombava ensanguentado à sua frente.

O segundo e o terceiro soldados encaravam com olhar enfurecido o feiticeiro.

— Estes cães de guerra são fanáticos suicidas — alertou ela com dor extrema.

Retirou a lâmina do antebraço ao passo que o colega terminava o próprio ritual de encantamento, chamando a atenção dos dois para si. Krohagen tinha sua mão esquerda envolta por uma grossa camada de gelo e dela emanavam partículas cristalizadas e vapor gélido.

— Pela vontade da Mãe Soberana de Ulther, vocês cairão agora — disse.

Os soldados saltaram contra o criomante flanqueado.

A Avalanche agiu rápido. Com movimentos sincronizados da mão não ferida, reuniu diversas pedras sob seu comando telecinético. Em seguida, disparou-as em uma rajada violenta e concentrada, que atingiu o atacante mais atrasado, perfurando e rasgando couraça e carne sem distinção. Krohagen recebia o outro soldado, que saltava frenético contra ele. Com sua mão congelada, o Guardião interrompeu a martelada que descia com brutalidade em sua direção. O impacto foi absorvido.

Dali uma camada de gelo tomou a cabeça de ferro e o cabo da arma do oponente, bem como sua mão, expandindo-se pelo antebraço do soldado, que gritava, enlouquecido. Mesmo com o membro congelado, ele investiu de forma enfurecida contra Krohagen, que foi então forçado a segurar o rosto do oponente, usando sua mão encantada com a poderosa energia hibernal. O inimigo tombou com o movimento de seu salto e tanto sua cabeça quanto seu braço se estilhaçaram no chão.

Ao mesmo tempo, do outro lado, Kurtshov se esquivava das brutais pancadas da criatura rochosa e contra-atacava com destreza sem igual. Seus poderosos golpes destruíam e decepavam com eficiência os membros do oponente. Com menos de uma dúzia de movimentos, o jarl tenebroso terminou de despachar o golem de pedra e terra invocado por Taellana. Ele deixou a criatura despedaçada para trás, atravessou a barreira cristalizada e os encarou com o olhar sinistro.

Os dois perceberam que, naquele momento, os olhos de Kurtshov estavam escuros. Krohagen retirou o colar com o pingente da Gema da Alvorada de dentro de sua túnica. O brilho intenso da Primeira Luz incomodou nitidamente o irmão, que não foi capaz de esconder a ira pela atitude de Krohagen.

O jarl corrompido sorria de forma maligna e iniciava sua dança mortal, com golpes devastadores e ininterruptos de sua espada em movimentos não naturais contra o irmão, que tentava se esquivar e os bloquear com a mão ainda congelada. Taellana, usando a mão boa, comandava as pedras, disparando-as uma a uma contra o jarl. Ele se movia mais rápido do que qualquer guerreiro já visto combatendo nas Terras Altas. Ainda assim, ela foi capaz de o atingir algumas vezes. Com a velocidade e o peso daquelas rochas, ele deveria ao menos ter caído, mas o jarl sombrio apenas se atrapalhou e voltou sua atenção para a Feiticeira Suprema do Norte.

— Está certo, velha mestre. Vou acabar contigo antes. Depois me acerto com meu irmão — disse.

Kurtshov desferiu um último golpe, surpreendendo o irmão, que foi atirado ao seu lado contra o chão.

Taellana manipulou as pedras restantes sob seu comando e disparou todas ao mesmo tempo em uma rajada concentrada, mirando o peito de Kurtshov. Ágil, Krohagen puxou o irmão pela mão esquerda. Ele foi capaz de evitar que o irmão fosse fatalmente ferido no coração, mas não lhe salvou de ser desmembrado. O disparo explodiu o braço de Kurtshov na altura do ombro e ele assistiu horrorizado a seu membro cair junto da espada bastarda. O jarl gritava de joelhos no chão enquanto Taellana se aproximava, levitando sobre rochas que serviam de plataforma para seus pés. Ela segurava o braço ferido, e o cajado brilhante seguia flutuando ao seu lado.

— Não podemos matá-lo! — intercedeu Krohagen.

Ela se virou para o colega e proferiu:

— Sua piedade será nossa ruína! Kurtshov mudou. É um desgarrado e uma ameaça ao equilíbrio!

— Precisamos dele para achar o artefato — insistiu o criomante.

— Encontrar o artefato é secundário! Nosso primeiro objetivo é eliminar o mal que agride Caedhur e seus habitantes — argumentou a líder.

— Se meu irmão morrer, o paradeiro do item morre com ele! E se o artefato cair em mãos malignas? Tudo isso terá sido em vão, outras vilas serão amaldiçoadas e outras pessoas sofrerão — rebateu Krohagen.

Aproveitando-se da discussão, Kurtshov transformou sua dor em ódio e canalizou energia negativa, revelando seus poderes. Seus olhos passaram a fumegar, exalando um vapor escuro similar ao que começou a sair de seu ombro, onde antes estava o braço. De repente, aquele vapor negro ganhou volume e forma. Um novo membro cresceu de seu ombro aberto, como um enorme tentáculo espectral serpenteando no ar, até que se enrolou na espada bastarda no chão, levantou-a e passou a investir contra os dois em movimentos ainda mais amplos e violentos.

— Testemunhe a revelação de meu padroeiro, velha mestre! Chegou a hora da Ordem cair. E começaremos por você!

Ele gargalhava, orgulhoso, enquanto forçava ambos a retroceder e a se esquivar.

— Eu avisei! Temos de matá-lo! — gritou Taellana, manipulando telepaticamente seu cajado, bloqueando os golpes, ao mesmo tempo que sua plataforma rochosa flutuante a tirava do campo de ação com velocidade.

Ao seu lado, Krohagen evitava os amplos golpes do irmão, usava seu cajado e sua mão congelada, porém por vezes era forçado a produzir rápidos deslocamentos etéreos pelo Além-Véu, para evitar ser atingido. A espada empunhada pelo membro fantasma agredia os guardiões de longe e destruía partes da barreira gélida ainda no meio do salão.

— Você e Rutherhov estavam errados! Eu despertei, Avalanche! Seus patronos são vermes rastejantes perto do meu suserano! Você conhecerá agora a extensão de meus poderes e essa será a última coisa que aprenderá em vida — exclamou ele, enraivecido, sem parar de atacar com seu imenso tentáculo fumegante; a outra mão, livre, conjurava um laço espectral, que serpenteava pelo chão em busca dos corpos dos soldados mortos.

Taellana convocou as dezenas de rochas e gemas que flutuavam ao seu redor. Dessa vez, no lugar de girarem ao seu redor, elas revestiram seu corpo com uma grossa camada de pedras, fragmentos de ferro e diamantes, tudo colado com terra e argila.

— Eu visto a couraça sagrada do Pai Imóvel das Montanhas! E não existe entidade capaz de impedir a Avalanche vingativa!

Kurtshov, tomado por ira, concentrou seus ataques contra a antiga mestre.

— Será um prazer provar que está mais uma vez equivocada — disse.

Krohagen conhecia o irmão a fundo, conhecia os segredos que ele não compartilhava com ninguém ou sequer ousava proferir em voz alta. E naquele momento percebia sua ânsia por vencer e humilhar a velha mestre, a ferida aberta em seu orgulho, que poderia ser o único ponto fraco do conselheiro. Talvez essa fosse uma obsessão até mesmo maior do que sua ganância por poder ou pelo combate contra os kasporianos.

O criomante aproveitou o momento em que a ira do irmão se concentrava na Feiticeira Suprema do Norte ao mesmo tempo em que os laços fumegantes se alongavam e rastejavam pelo chão até encontrarem os corpos dos soldados abatidos.

Krohagen, ferido nos braços, ombros e coxas, rastejou para trás do enorme portal em forma de serpente, de onde passou a suplicar o auxílio de sua padroeira soberana:

— Já presenciei e causei mortes demais, Madrinha Hibernal. Se mais alguém tiver de morrer pelo desfecho desta tragédia, que seja eu. Faça de mim o receptáculo de seu poder e a fonte de sua vingança e justiça. Vamos trazer juntos a paz gélida para Caedhur!

Em seguida, passou a proferir o cântico ancestral que evocava a presença da patrona hibernal de Ulther.

Enquanto isso, a poderosa geomante havia transformado seu cajado em um enorme tacape rochoso, leve para seu manuseio, mas incrivelmente pesado contra o jarl sombrio, que agora lutava de igual para igual contra a Feiticeira Suprema do Norte. Kurtshov terminava de exalar o vapor escurecido de sua mão esquerda. Os diversos laços de fumaça percorreram o chão como cobras em busca dos corpos ali presentes e penetraram neles por todos os orifícios. Em seguida, ao mesmo tempo em que Kurtshov brandia seu tentáculo espectral, defendendo-se e contra-atacando Taellana, ele ergueu a mão esquerda, envolta em fumaça escura, e exclamou:

— Sua vigília não acabou, sentinelas de Caedhur! Vocês têm uma última missão!

Em resposta, os corpos passaram a tremer no chão, depois foram magicamente atraídos para o centro do salão e se empilharam de forma grotesca. Dois dos corpos se tornaram as pernas de uma besta, entrelaçando-se pelos membros e entranhas. Um terceiro corpo virou seu tronco e, os dois últimos, os braços. Por fim, o pavoroso golem de corpos arrancou as quatro cabeças junto das colunas vertebrais dos soldados que o formavam e, segurando-as pelas extremidades finais das espinhas, brandia aquilo como um mangual medonho de quatro pontas, que eram as cabeças.

GfC
SCOPEL

25

O ACERTO DE CONTAS

A criatura partiu enfurecida, atropelando e destruindo tudo em seu caminho, inclusive o restante da barreira gélida, e assim marchou na direção de Krohagen. O Guardião do Norte já havia acumulado muita energia elemental; ainda assim, não estava pronto para executar seu feitiço mais poderoso. O monstro trotou imparável, demolindo o portal em forma de serpente à frente do Guardião. Krohagen foi forçado a agir antes do planejado e gastou parte de sua energia.

— Chega, besta profana! — gritou.

Seus olhos ofuscantes brilharam com luminosidade extrema. Krohagen abriu a boca e disparou uma poderosa baforada gélida enquanto o monstro se preparava para açoitá-lo. A névoa hibernal envolveu o golem, que descia seu mangual cadavérico de modo violento, pronto para espancá-lo. Quando a arma estava prestes a encontrar Krohagen, o corpo da monstruosidade foi sendo petrificado, tomado por uma espessa camada de gelo.

— Você é uma ofensa à natureza e ao equilíbrio! — bradou Krohagen, observando as rachaduras e os fragmentos da prisão hibernal do golem se quebrando, ao mesmo tempo em que a criatura se esforçava para se livrar de tal condição.

Taellana, invulnerável à lâmina de Kurtshov, avançava contra o oponente às pancadas de seu tacape. O jarl corrompido passou a disparar descargas de energia profana de sua mão esquerda contra a geomante, ao mesmo tempo em que a golpeava com seu longo tentáculo fumegante segurando a espada. Mas ele percebeu que sua grande espada não penetraria a couraça rochosa de Taellana.

Naquele instante, o monstro cadavérico estilhaçou a camada de gelo que o mantinha imóvel, chamando a atenção de todos. Krohagen se afastava da besta ao mesmo tempo em que avançava sua conjuração, em direção ao outro lado da sala. O golem cadavérico retomou seu disparate contra o criomante. Ele trotava pesado, brandindo seu mangual de cabeças contra Krohagen, que foi forçado a gastar energia elemental para se defender das pancadas mortais. O Guardião produzia breves implosões gélidas, que sugavam seu corpo daquele plano de existência e, em um piscar de olhos, ressurgia alguns metros atrás de onde estava, em uma breve explosão glacial. Dessa forma, evitava ser atingido pelos brutais golpes do perigoso oponente, sem parar de recitar o hino hibernal que evocava o favorecimento de sua padroeira.

Em determinado momento, a estratégia de Krohagen levou ambos até o centro do salão. O esperto Kurtshov então agiu, convocando a criatura:

— Ótimo! Agora atenda sua última ordem, mártir protetor!

Kurtshov apontou com a mão esquerda na direção de Taellana, interrompendo seus disparos espectrais contra ela. O criomante, percebendo a mudança de alvo da besta de guerra reanimada, foi forçado a gastar parte da carga energética acumulada mais uma vez.

— *Winvern Teon!* — gritou ao apontar Eixo Glacial na direção da criatura e disparou uma rajada elemental em forma de laços gélidos como cordas pontiagudas.

Assim que penetram e atravessam o golem, suas pontas se tornam ganchos de gelo rígido, que ancoraram na carne do monstro, freando seu avanço. Kurtshov, com agilidade e velocidade incríveis, deixou de atacar a Feiticeira Suprema do Norte por um momento e, em um único golpe poderoso, estilhaçou os laços elementais do irmão. Krohagen assistiu ao golem liberto partir desenfreado contra sua líder.

— Preciso apenas de mais um instante! — exclamou ele, levitando alto.

Seu corpo estava envolvido por energia hibernal pulsante e suas vestes balançavam com a violenta manifestação energética. Sua cabeça estava erguida e a energia elemental vazava por seus olhos e boca de forma intensa.

O golem de corpos marchou contra Taellana. A Guardiã do Norte gozava de ampla vantagem contra o adversário sombrio. Ela espancava Kurtshov com seu tacape. Ele retrocedia, evitando ser fatalmente atingido, até ser derrubado pela poderosa arma controlada pela feiticeira por telecinesia. Taellana estava decidida a aplicar o golpe final. Ela não perderia aquela oportunidade, e Krohagen estava concentrado em seu ritual. *Dessa vez, ele não me impedirá*, pensou. Mas a criatura cadavérica a atingiu e a agarrou, usando os dois braços com toda a força, envolvendo-a em suas entranhas como um abraço mortal. Kurtshov sorriu, levantando-se.

— Krohagen, não tenha piedade! — gritou Taellana, aflita, compreendendo seu destino.

Kurtshov comandou o golem uma última vez, com um gesto, apertando a mão esquerda envolvida em energia espectral, e a besta atendeu. Os cinco corpos ao redor da Guardiã explodiram violentamente, atirando sangue, ossos, entranhas e partes rochosas para todos os lados.

— Eu avisei que provaria sua ignorância uma última vez, mestre! — disse Kurtshov, saboreando sua vitória com orgulho.

O sangue, os ossos e as entranhas resultantes da explosão suicida do golem eram produto de sua própria estrutura. Mas o plano de Kurtshov era ao menos destruir a armadura elemental da rival, tornando-a vulnerável, e nisso ele foi bem-sucedido. A destemida Guardiã do Norte, ferida e atordoada, tentava se levantar do chão, encarando o oponente.

Ao mesmo tempo, Krohagen exclamou de forma altiva e imponente:

— *Aejel Winvern Olteonval!*

Ele se tornou a fonte emissora do inverno ultherano concentrado. De seu corpo, ocorreu uma forte explosão ciano, emanando uma nevasca violenta dentro do salão. Fragmentos congelados passaram a cobrir sua pele ao redor dos olhos, ouvidos e lábios. Ele não se importava com o preço que teria de pagar, desde que pudesse frear o irmão e salvar sua líder.

Antes que Taellana tivesse tempo e condições de reagir, Kurtshov, esforçando-se para vencer o feitiço do irmão, usou seu disparo espectral da mão esquerda para afastar o cajado de sua detentora.

Krohagen se empenhava para concentrar a nevasca na direção do irmão. Novas fissuras gélidas surgiam nas pontas de seus dedos e pescoço. O criomante ignorava os flagelos cobrados pelo poderoso feitiço, intensificando sua descarga elemental. O chão sob seus pés ia sendo tomado por gelo, que se expandia, congelando tudo ao seu redor. Taellana, mesmo ferida e exausta, gastava sua própria energia vital tentando reconstituir as partes destruídas de sua armadura elemental. Krohagen entregava tudo de si na tentativa de parar o irmão, que aos poucos também era coberto por gelo.

— Não existe vitória aqui hoje, irmão! — anunciou Kurtshov, rindo loucamente.

O jarl corrompido percebeu o esforço da antiga mestre em guarnecer a carne outra vez e, colérico, concentrou todas as suas energias contra ela.

Os três combatentes se sacrificavam em suas últimas investidas e resistências. Em seguida, Kurtshov, demonstrando um esforço descomunal, desceu o tentáculo espectral mirando o peito de Taellana, contra uma das brechas na armadura, ao que ela seguia tentando reunir forças para fechá-las.

— Agradeça-me por lhe dar a oportunidade de conhecer seu padroeiro, Avalanche — anunciou ele com um olhar sinistro.

O gelo invocado por Krohagen cobria as paredes, subia pelos pés de Taellana e já atingia o tórax de Kurtshov. O vendaval glacial tentava desviar a lâmina do jarl, a neve atrapalhava sua visão e os fragmentos congelados agrediam sua carne. Krohagen convergia seu feitiço no irmão com todo seu vigor. Sua dedicação e sacrifício foram tamanhos, que seus olhos projetaram energia glacial muito além do que seu corpo estava preparado para suportar. Por consequência, seu olho esquerdo se tornou uma gema cristalizada cravada em sua cavidade ocular, de onde fios de sangue escorriam antes de congelarem em sua face sofrida.

O jarl sentiu seu golpe freando no ar, atrapalhado pelo cataclismo ao seu redor.

— Sou mais forte do que você, irmão! Agora testemunhe! — gritou Kurtshov, entregando toda sua força vital na descarga de energia profana concentrada no tentáculo que segurava a espada, atravessando, assim, a carne exposta da líder da Ordem dos Guardiões do Norte.

— Não! — gritou Krohagen, aterrorizado com a imagem da mulher empalada.

— Fui o primeiro a assassinar um Guardião do Norte! Venci a líder dessa Ordem decadente! — ria-se Kurtshov conforme seu corpo enfraquecido era coberto pelo gelo.

Krohagen sentiu a energia vital de Taellana se esvair lentamente daquele plano de existência. Sua essência começaria a peregrinação para o Vale dos Esquecidos em breve.

O Guardião, porém, foi capaz de raciocinar, mesmo frente à catástrofe.

— Onde está o artefato, irmão? Você tem uma última chance de se redimir! — exclamou Krohagen, tomado por forte emoção.

Kurtshov ria, demonstrando fraqueza, mas, com um olhar maligno, respondeu:

— Você foi derrotado mais uma vez, irmão. Aceite. Espalhe ao mundo que foi Kurtshov quem tombou Taellana e provou que os Guardiões não são invencíveis.

Cristais congelados rolavam do único olho de Krohagen enquanto sua boca retorcida e seus dentes cerrados expressavam ódio e exalavam um vapor gélido.

— Responda, irmão! Faça com que seu último ato ao deixar este mundo seja bom!

O jarl ria em frenesi.

— Não há nada que possa fazer. As trevas cobrirão Soltin por éons. Todos serão escravizados por uma entidade soberana de poder inigualável.

Krohagen Bafo Gelado percebeu que de nada adiantava seguir torturando e interrogando o jarl corrompido — Kurtshov havia renunciado à sua própria humanidade em troca de poder. Estava muito além de redenção. Aquele não era o irmão com quem crescera e com quem tanto tinha aprendido a ponto de chegar a admirar. O criomante então deixou o restante de seu poder se manifestar. Krohagen apenas assistiu às gargalhadas enlouquecidas do irmão serem sufocadas pelo gelo que lhe cobria o rosto. O Guardião do Norte caiu no chão, exausto, cessando o feitiço da alegoria hibernal.

Mesmo esgotado, porém, ainda conseguiu correr ao encalço da líder. Ele segurou sua cabeça com carinho, vendo a projeção elemental de seus olhos falhar ao que a boca ensanguentada clamava:

— Krohagen, preste atenção. — Abalado, ele apenas balançou a cabeça positivamente. Gotas cristalizadas rolavam de seu olho. — Krohagen, você não seria meu sucessor, mas teve acesso à informação sensível. Você deverá ficar em meu lugar e fazer conforme ordenarei. — Ela lutava para se manter ali até dizer tudo o que precisava. — Acompanhe de perto os descendentes de Kurtshov. Aguarde a chegada da criança branca e a mantenha sempre sob a vigilância da Ordem... — Ela demonstrava fraqueza extrema, seus olhos piscavam, sua luz se esvaía e sua boca tremia. — Sua missão deverá ser passada apenas de Feiticeiro Supremo do Norte para Feiticeiro Supremo do Norte e nunca deverá tocar os ouvidos de um membro normal da Ordem. — Os olhos de Taellana por fim cessaram de brilhar, sua boca parou e o restante de sua mensagem foi ouvida apenas na mente do colega: — Eu deveria ter escutado você antes. Foi uma honra ser sua mestre. Foi uma honra lutar ao seu lado. Latyria está orgulhosa de nós!

Ao fechar os olhos de sua líder, Krohagen enfim deixou o choro sair.

— Que o mais antigo de todos a receba com a honra que merece, querida Taellana, a Avalanche. Seus atos e sua memória permanecerão eternamente inabaláveis, como a Cordilheira Dedos Congelados.

Krohagen se levantou devagar, virou-se para trás e se deparou com a estátua cristalizada do irmão em posição triunfal.

— Você teve sua vingança, afinal, irmão. Teve a palavra final. Teve sua glória! Mas a que custo? E se de fato os kasporianos invadirem nossas terras? Você poderia fazer a diferença sem a necessidade de trocar sua própria essência por poder. Você sempre foi poderoso, Kurtshov — disse.

O feiticeiro sentia as sequelas do feitiço inédito que havia usado. Sangue escorria das novas fissuras glaciais que o acompanhariam para sempre. Sua missão em Caedhur, porém, ainda estava longe de terminar. O criomante reuniu toda sua coragem e determinação, retirou a espada bastarda do corpo de Taellana, congelando o ferimento, e pausou, olhando para a cabeça da serpente de pedra do portal destruído no chão.

— Tanta morte... — Ele então se virou e seguiu para fora do salão, lamentando: — Sentirei falta de vocês.

26

REDENÇÃO

Ao chegar na superfície, pôde ouvir a calamidade do lado de fora do grande hall. Krohagen seguiu para lá e presenciou os soldados de preto, confusos, e as pessoas assustadas nas janelas de suas casas. Uma nevasca furiosa e fora de época varria as nuvens escuras e a chuva para longe. Essa intervenção da Matriarca Hibernal e Soberana de Ulther ainda era o resultado de sua poderosa invocação elemental sob o grande hall.

— A maldição de Caedhur terminou hoje! — anunciou Krohagen, altivo, mas ofegante. Sua voz empoderada pela energia elemental viajou pelas ruelas, casebres, praça e muros do vilarejo, alertando seus habitantes. Os soldados de preto se aproximavam, indecisos se deveriam ou não atacar, enquanto o semblante das pessoas nas janelas se tornava o de esperança. — Deixem estas terras, asseclas de Kurtshov, ou sofrerão o mesmo fim de seu líder tirano — avisou, atirando a espada bastarda de cabo negro no chão.

As pessoas, animadas, deixavam suas casas e, pela primeira vez em muito tempo, tinham coragem de sair à noite. Os soldados, confusos e espantados, revezavam os olhares entre a espada no chão e o Guardião do Norte.

— Vão embora, facínoras! Vocês não têm direito de estar em Caedhur!

Apesar dos ferimentos elementais, seu olho brilhou mais forte e a ventania se intensificou. Muitos habitantes da pacífica vila voltaram para suas casas em busca de tochas, rastelos, facas e machados para se juntarem ao Guardião contra os soldados do jarl.

— Onde está o capitão? — questionou um dos soldados de preto, procurando força na liderança, e a resposta, para seu espanto, logo veio do meio da turba que os cercava:

— Acabou de fugir a cavalo.

Assim não houve a necessidade de mais violência. A percepção de estarem sem líder e a ameaça do poderoso criomante e dos aldeões enraivecidos foram suficientes para os mercenários debandarem.

Sendo ovacionado, o Guardião do Norte seguiu apressado em direção à casa de Kurtshov, mas foi interrompido pela gentil parteira, que agarrou sua mão e a beijou em gratidão.

— Senhora, preciso encontrar Halgeria e a criança.

— Eu vim avisar, ela acabou de deixar Caedhur a cavalo com a criança em um cueiro preso ao corpo. Seguiram para o oeste — alertou a velha, emocionada.

O Guardião, preocupado, seguiu correndo em direção aos portões de Caedhur, onde foi mais uma vez interceptado. Dessa vez pelo ex-soldado bêbado que havia encontrado antes:

— Senhor, acho que vai querer saber...

— Sim, homem, fale de uma vez! — exclamou Krohagen, tentando detectar a essência de Halgeria e da criança ao longe.

— O capitão jastariano deixou Caedhur há algum tempo. Ele saiu do velho escritório de Kurtshov com um baú. Partiu galopando sua égua oriental como um raio em direção ao leste — soltou o bêbado.

Krohagen abaixou a cabeça e deixou escapar um breve riso emocionado.

— Ainda depois de deixar este plano de existência, você me surpreende, irmão. Então esta é sua última jogada? Parabéns, você venceu mais uma vez.

Uma gota cristalizada caiu de seu único olho enquanto ele tomava a decisão. O Guardião se encontrava entre o artefato mais poderoso de sua Era sendo levado a leste, o corpo da líder de sua Ordem em uma cidade em crise e a criança da profecia, cujos descendentes poderiam mudar o mundo no futuro, seguindo a oeste. Ele sabia que não tinha condições de alcançar os dois, teria de optar por um. Krohagen usou sua percepção elemental na tentativa de rastrear seu alvo e saber se ainda teria condições de interceptá-lo.

Assim, calculando a exata quantia de energia que precisaria utilizar, ele planoportou na tentativa de alcançar o cavalo. O feiticeiro sabia que, em seu atual estado, só conseguiria executar tal feitiço uma única vez e, por isso, tinha de ser preciso. E assim o fez sentindo suas cicatrizes elementais arderem em sua pele e em sua essência. Implodiu em um clarão hibernal aos portões de Caedhur, seguiu pela trilha que circundava a velha floresta e ressurgiu aterrissando na neve muitos quilômetros adiante. Aproveitou a materialização para produzir um forte impacto contra o chão, atirando neve e terra para todos os lados, assustando, assim, o cavalo que vinha a muitos metros em sua direção.

A montaria freou, assustada, e o Guardião se aproximou em um disparate elemental, gastando ainda mais energia. Inadvertidamente ele surgiu segurando o estribo do cavalo, impedindo seu avanço.

— Calma, amigo. Estamos do mesmo lado — anunciou ele para o animal em tom gentil.

— Desgraçado! Assassino! O que faz aqui? — gritou a mulher, agredindo o cavalo às esporadas.

— Não sou assassino, apenas agi na defesa de minha líder e da manutenção do equilíbrio neste plano de existência — respondeu Krohagen.

— Bruxo depravado! Matou o próprio irmão! — berrou ela, assustando a criança em seu colo.

— Como sabe da morte de seu marido, Halgeria? — retrucou o Guardião.

Ela tinha o mesmo olhar escuro e sombrio do marido estampado na face enlouquecida. Exclamou de cima do cavalo inquieto:

— Deixe-me em paz com minha filha, maldito seja!

— Você sabe tão bem quanto eu que esta criança não é sua filha. Inclusive tenho uma revelação a fazer — anunciou Krohagen, imponente.

A mulher, enfurecida, tentava a qualquer custo fazer o animal disparar atropelando o feiticeiro, que acalmava o cavalo enquanto caminhava para a lateral dele, tentando alcançá-la.

— Que mentira ardilosa, criatura! — berrou ela, de maneira frenética.

— Esta criança é filha de Navath, você sabe. Eu sou o pai. Portanto, entregue-me minha filha. Eu a ordeno! — respondeu ele, tranquilo.

A mulher, abismada com a revelação e com a aproximação do Guardião, saltou da sela, quase derrubando a criança ao chão. Krohagen aproveitou a oportunidade e ergueu o cajado para o alto, produzindo um feitiço simples.

— *Winvern!*

A criança chorava no colo da mulher, que gritava enfurecida:

— Deixe-me partir, assassino!

Krohagen havia congelado a neve ao redor dos pés de Halgeria, impedindo-a de escapar.

— Agora vou tirar Krishtara de ti — anunciou ele, aproximando-se.

Ela sacou um punhal e o apontou contra a criança chorosa em seu colo.

Krohagen pausou seu avanço, ergueu as mãos ao alto em sinal de rendição e suplicou:

— Não há necessidade disso, Halgeria.

— Então me liberte ou eu mato esta criança! — exclamou a mulher, em frenesi completo, apertando perigosamente a lâmina contra a criança.

— Está bem, vou desfazer o feitiço. Já tivemos mortes suficientes.

Krohagen assentiu.

— Sem truques, desgraçado. Solte o cajado — berrou ela, alucinada, ainda pressionando sem dó a pequena e afiada ponta de aço gelado contra a criança.

Krohagen, aflito, viu uma gota de sangue brotar entre o queixo e o pescoço da pequena Krishtara. Talvez nem Halgeria soubesse o quão perto estava de ceifar a vida da bebê.

— Farei como quer, Halgeria. Tudo pela vida de minha filha — anunciou de forma condescendente.

Abaixou-se devagar para soltar Eixo Glacial no chão.

Mas a mulher, enlouquecida, enfureceu-se ainda mais ao ouvir Krohagen chamando a criança de filha.

— Esta criança é minha! Minha, de Kurtshov e de nosso Senhor e Custódio Umbral! — berrou enquanto esperneava e se debatia freneticamente.

Prevendo que o pior estava prestes a acontecer, o Guardião do Norte foi forçado a agir rápido. Soltando o cajado no chão, encostou as duas mãos no solo, prostrado, e em um piscar de olhos descarregou energia elemental na neve sob eles. Suas mãos e seu olho brilharam de novo. Mas dessa vez, dois braços feitos de neve congelada surgiram debaixo de Halgeria, desarmando e contendo a mulher aos prantos contra o chão. Krohagen, com expressão séria, abaixou-se, retirou a criança presa no colo da mulher e a aconchegou em seu corpo.

Halgeria se debatia e urrava como uma besta abissal, assustando não apenas a criança, como a montaria e Krohagen também. O Guardião do Norte encarava os olhos pretos e as olheiras fundas naquela face pálida como um cadáver, com a qual apenas veias escuras contrastavam. Por um instante, refletiu sobre como a pessoa mais gentil e bondosa que conheceu havia se transformado naquilo. Então subiu na sela do cavalo e sussurrou:

— Chega de mortes, certo, Krishtara?

E trotou de volta para o leste, em direção a Caedhur. Quando estava distante, seu feitiço deixou de exercer sua função. A mulher, degenerada e com o rosto encharcado de lágrimas e de saliva, rogou:

— Vocês me pagam! Que minha dor e minha ira abasteçam minha existência até que eu tenha minha vingança!

Então, em situação deplorável, correu para dentro da Floresta da Noite Eterna com nada além da roupa do corpo.

Ao descobrir a criança dos mantos que a escondiam, entendeu o porquê do mistério. Krishtara tinha as características de Navath e de Kurtshov mescladas. Não era nada parecida com Halgeria. Krohagen retornou a salvo com a criança para Caedhur, onde descansou naquela noite fatídica.

No dia seguinte, levou a pequena Krishtara até Sjonehir e a entregou a um casal de amigos leais à Ordem dos Guardiões do Norte, avisando-lhes que aquela criança, além de sua filha, era muito importante para Soltin. Pediu para que cuidassem dela como tal, que dessem a ela a vida de uma criança normal, e ele, sempre que possível, a visitaria. Krohagen suplicou que procedessem como ele pedia sem fazer perguntas. Ele sabia que ambos desconfiavam de sua história, mas precisava preservar o segredo a respeito da paternidade e da profecia da criança. Além disso, não queria sobre ela o estigma de ser filha do jarl sombrio que amaldiçoara Caedhur.

— Aceite o desvio em sua jornada, criança. Faça seus planos, mas não se apegue a eles — proferiu o Guardião do Norte, emocionado, beijando a pequena.

Krohagen voltou à Caedhur, onde as pessoas, livres da influência do mal que corrompia suas essências e as deixava doentes, tratavam-no como um herói. Ali descansou mais um dia e, com energia suficiente e a bênção de sua padroeira, planoportou com o corpo da líder até o posto avançado dos Farenheimn. Lá explicou o ocorrido para Jehalli, que lhe providenciou montaria e provisões para o restante da jornada até o Vale do Reduto Ocidental. Por fim, levou o corpo de Taellana aos pés da Cordilheira Dedos Congelados, ao lado dos antigos membros, para receber o funeral e as honrarias de seus colegas, como era a tradição da Ordem.

Krohagen lamentava não ter sido capaz de rastrear e perseguir o artefato perdido de Grathal Kaar. Ele estava certo de que o tal comparsa jastariano, cujo nome o irmão sabiamente mantivera em sigilo, o havia levado. Àquele momento, já deveria estar além das Praias Cinzentas, talvez já em Goala e dali poderia se perder por Soltin para sempre.

Mas a maior lamúria do Guardião foi pelos amigos e amigas perdidos em sua jornada recente. Krohagen jamais imaginara que aquele reencontro afetuoso com seu amado irmão tomaria rumo tão trágico. O alegre e otimista feiticeiro nunca mais foi o mesmo após sua aventura pelos portais perdidos dos arsimérios, os primeiros habitantes de Soltin. Ele se tornou sério, introspectivo, cuidadoso e estoico... Irreconhecível para seus colegas de Ordem.

Sua liderança, entretanto, foi justa, sensata e equilibrada. Por isso o seguiram como se estivessem sob o olhar da própria Latyria. Viveu seus anos sob a ameaça da sombra da guerra crescente do sul e viu o rei Arnour Larsbrahn se casar com a filha de Togak Andragdas em nome da paz e da unificação de Soltin. Arnour já tinha filhos em Kaspor. Krohagen suspeitava que tal casamento tinha sido uma jogada política para dar ao rei de Kaspor o direito ao trono nordestino ao fim da vida de Togak, que tinha apenas uma filha.

Bafo Gelado nunca viu a guerra em seu tempo de vida, mas foi um dos únicos a tentar preparar Ulther para tal, guiado pela sabedoria e previsões do irmão. Krohagen carregou sozinho e em silêncio o peso da informação que conhecera naquela madrugada nefasta em Caedhur, até o dia em que se tornou bastante velho e pôde compartilhar seu conto e seu fardo com o bom Tirheimn, que assumia seu lugar. Por fim, Krohagen Bafo Gelado descansou em paz, esperançoso em rever seus velhos amigos e, quem sabe, até a redenção do irmão no Vale dos Esquecidos.

Assim, a Ordem dos Guardiões do Norte seguiu monitorando a criança Krishtara, seus filhos e os filhos de seus filhos...

Até o nascimento da criança branca, até a concretização da profecia.

EPÍLOGO I

O CAVALEIRO SOMBRIO

Nos últimos dias do período da maiórea, um cavaleiro misterioso coberto por densas vestes escuras, capa preta e rosto escondido por lenços atingiu os arredores de Jastar. Ele trotou silencioso pela madrugada entre o vasto vilarejo que crescia ao redor das muralhas da grande cidade oriental. Suas botas e seus olhos revelavam o estado de quem havia passado muitas luas em uma árdua viagem. Por fim, ele freou seu cavalo frente a uma pequena taverna aos fundos de um beco e ali finalmente se preparou para procurar repouso decente.

Ao prender o cabresto do cavalo ao palanque, foi surpreendido por dois gatunos sombrios. Um deles o rendeu por trás com uma faca pressionada em suas costas enquanto o outro lhe apontava um longo punhal pela frente, sussurrando de forma ameaçadora:

— O que um ultherano faz por estas bandas? — disse, referindo-se às vestes do homem rendido, que respondeu:

— Não sou ultherano e darei a vocês uma única chance de viverem. Deixem-me agora!

Ambos riram.

— Sempre soube que os comedores de pedras eram corajosos e vingativos, mas nunca soube que eram bem-humorados assim —

rebateu o agressor. O assaltante se aproximou rindo, apontando o punhal contra o pescoço do homem e, ao sacar os lenços que lhe cobriam o rosto, exclamou: – Quero dar uma olhada em você antes de saquear seu cadáver. – Ao revelar o rosto da vítima, ele arregalou os olhos, incrédulo. – Carcimnius, o exilado!

Ele se afastou ainda com o punhal apontado para o cavaleiro, porém agora com expressão de temor.

– Você vem conosco. Deve valer uma grande recompensa com os chanceleres – disse o outro assaltante, que rendia o homem por trás, antes de cair.

O comparsa olhou o amigo no chão, mais uma vez sem acreditar em seus olhos: estava pálido e seco como um fóssil.

– Que feitiçaria é essa? – balbuciou ele, virando de costas e saindo correndo.

– Eu avisei, larápio tolo! – anunciou Carcimnius, abrindo as vestes, de onde a garra escura em forma de adaga lascada disparou violentamente contra o saqueador que fugia.

O artefato obscuro se cravou em suas costas, interrompendo sua partida. O homem pairou no ar, gemendo de dor e imobilizado conforme a arma negra lhe drenava a essência.

Mas algo diferente ocorria ali. Carcimnius havia modificado o artefato de Grathal Kaar. Ele não empunhava a arma como Kurtshov o fizera. Além disso, ela estava conectada em seu cabo por um longo cordão de filamentos de Tulxium, que a levavam para dentro das vestes do ilusionista exilado das terras áridas do oriente de Soltin. Ele tinha um sorriso maléfico no rosto ao ver o oponente secando enquanto um vapor escuro percorria o fio que o ligava à arma profana.

– Enfim retorno à minha terra natal. Desta vez, definitivamente! E trago comigo sede por vingança digna dos ultheranos! Trago também poder além da compreensão de meus opositores. Primeiro livrarei Jastar dos ignorantes! Depois mudarei o destino deste mundo aos meus moldes!

EPÍLOGO II

O AUGÚRIO DO INVERNO

Exatos duzentos e dezenove anos após a tragédia que marcou o vilarejo de Caedhur, um feiticeiro com cinquenta anos cavalgava tranquilamente pelos campos rochosos ao redor de Sjonehir. Entre goles do chá quente em sua cuia, ele admirava a beleza da fauna e da flora ultherana que tanto o agradavam. Entretanto, algo invadiu sua visão, corrompendo a paisagem e a sua harmonia. Eram as bandeiras de um império estrangeiro. A trilha que levava ao forte estava cercada de estandartes com os brasões kasporianos. Ele logo foi atormentado pela lembrança da guerra que havia mudado sua terra natal, machucado os seres indefesos que ali habitavam e as pessoas que queriam seguir suas vidas às suas próprias maneiras. Lembrou-se dos amigos perdidos nas inúmeras batalhas e do evento que quase havia dizimado sua Ordem e selado a vitória kasporiana, conhecido como A Noite dos Gritos na antiga cidade de Borwahur.

— Sabe, pequeno amigo Tingo, a vida costumava ser tão simples e boa por estas terras antes — dizia ele ao pequeno roedor amarelo que trazia acomodado ao ombro, conforme se preparava para cruzar com uma pequena tropa de soldados de pele bronzeada e com metade da sua estatura, trazendo bandeiras daquele império invasor.

Ele poderia tentar evitar cruzar o caminho dos guardas kasporianos se desviasse para dentro da Floresta da Noite Eterna, mas preferia enfrentar os tampinhas sulistas à bruxa ancestral que fazia daquele arvoredo escuro a sua morada.

Os soldados vestiam armaduras leves, porém resistentes, e estavam fortemente armados, ostentando tabardos das Terras Baixas. Eles frearam seu avanço e cercaram com suas lanças e alabardas o Guardião do Norte.

— Alto lá, bruxo! Desça de sua montaria em nome do imperador Eglor Larsbrahn!

O pequeno roedor amarelo se escondeu dentro do grosso manto do feiticeiro, que obedeceu de maneira amigável.

— É claro, amigos. Eu já estava cansado de cavalgar, precisava mesmo esticar as pernas. Já não sinto meu traseiro — concluiu ele, rindo e piscando, mas foi respondido com truculência e hostilidade.

— Silêncio, bruxo! Seu tipo não é mais tolerado nestas terras. Agora entregue todo o Tulxium e nem pense em sacar seu cajado.

O ainda sorridente Guardião do Norte, após um longo gole de sua cuia, exclamou:

— Ora, companheiros. Não carrego Tulxium comigo. Trago apenas comida, água, ervas e a gratidão pelo bom trabalho que fazem ao manterem as nossas velhas estradas seguras — concluiu ele, sorrindo com expressão gentil.

— Esvaziem os alforjes e o revistem! — ordenou o soldado kasporiano, zangado, enquanto os comparsas, temerosos, hesitavam em se aproximar do poderoso feiticeiro.

— Fiquem à vontade. Se tiverem fome, ainda tenho pão que trouxe do povoado de Colina Nevada.

O capitão, enraivecido com o bom humor do Guardião, perdeu o controle e lhe socou a barriga.

— Não entendo por que Eglor não liquidou sua Ordem por completo.

O bom feiticeiro, recuperando-se da pancada, apenas assistiu aos soldados virarem no chão seus alforjes, bolsas e bornais, espalhando seus pertences pela estrada. O comandante então sacou sua cimitarra da cintura e se aproximou de forma ameaçadora, bradando:

— Você, escória...

No entanto, seu ímpeto foi interrompido por uma intensa nevasca que atingiu os arredores de Sjonehir de forma repentina e fora de época.

De acordo com o calendário kasporiano, era o período da oktora e um frio daquele não deveria estar ocorrendo.

— O que está acontecendo? — gritaram os soldados espantados.

O capitão, apavorado, exclamou:

— Bruxaria! Ele está tentando nos congelar vivos!

O valente feiticeiro, expressando confusão, ergueu as mãos e, em voz alta, respondeu:

— Não sou eu! Este não é meu padroeiro!

E assim presenciou o grupamento de soldados bater em retirada, agredido pelo frio extremo das Terras Altas. Em outras circunstâncias, o Guardião do Norte teria rido, mas sabia que aquilo não era um simples evento climático. Aquela era uma manifestação da matriarca de Ulther, porém quem a havia invocado? Não havia outro Guardião por perto. Na realidade, os últimos abençoados com o apadrinhamento da soberana hibernal haviam morrido na Noite dos Gritos em Borwahur.

Ele precisava investigar aquilo imediatamente. E assim o fez. Sem sequer juntar seus itens do chão, montou na égua, sacou seu cajado e galopou, seguindo sua percepção elemental em meio à nevasca que atingia apenas aquela região de forma concentrada em pleno verão ultherano.

— Vamos, Tingo. Precisamos descobrir quem é o responsável por trazer a intervenção da padroeira do inverno em momento tão oportuno.

O feiticeiro, determinado, galopou até o campo a leste da estrada que levava ao forte e, de longe, viu uma criança parada na estrada e outra correndo ao seu encalço. Sua percepção elemental rastreava a origem do cataclismo arcano vindo dali.

Conforme ele se aproximava, percebeu que a criança de não mais de sete anos parada na estrada estava em estado de transe, levitando. Tinha a cabeça virada para cima, os olhos virados para trás, projetando energia elemental, e suas vestes tremiam pela descarga energética. Mas o que mais havia chamado sua atenção eram as características físicas da menina: a pele era muito branca, mesmo para os padrões ultheranos, tinha cabelos brancos como a neve, assim como as sobrancelhas e até mesmo os cílios. De repente, o menino ruivo de estatura avantajada e quase doze anos, coberto com pele de urso, que se aproximava, sacudiu a amiga, exclamando:

— Krishlats, acorde!

Enquanto o Guardião descia da égua, a menina despertou, enfraquecida, caindo nos braços do amigo. Com seu desmaio, a nevasca deixou de existir, junto da manifestação da Matriarca Soberana de Ulther. O forte rapazote se virou para o Guardião do Norte, que se anunciava, e exclamou com admiração:

— Leifhim!

O feiticeiro, abismado, ignorou o jovem. Estava hipnotizado com a visão da menina.

— Por Latyria, aconteceu! Walfathur precisa saber disso — disse o Guardião para si mesmo, extasiado e com os olhos bem arregalados, fazendo as grossas sobrancelhas subirem na testa ao que analisava a criança branca.

Soltin
Cordilheira Dedos Congelados
Corredor dos Enforcados
Garganta Hibernal
Reduto do Vale Ocidental
Floresta da Noite Eterna
Encruzilhada do Corvo de Pedra
Floresta da Costa Oeste
Borwahur
Terras Selvagens
Lagoa das Lágrimas
Montanhas do Não Retorno
Oceano do Berço
Nalzuur
Terras Selvagens

Ulther
Frilsthir
Brasa Abissal
Bosque das Copas
Sussurrantes
Ultelhir
Sjonehir
Estreito
Tumba Gélida
Istev
Baía Uivante
Mar das Pontas
Negras
Goala
Oceano Infinito Azul
Vale Profundo
Prado Fértil
Ilhas Orientais
Ponte Serpente
de Pedra
Kaspor
Serpente Negra
Rio Cobra
Faceira
Rio Jehad
Khol Naduí
Jastar
Serra
Matriarca Solar
Alsuth

Esta obra foi composta na fonte ITC Legacy Serif,
tamanho 11 pt, e impresso em papel pólen soft 80g/m².
São Paulo, julho de 2023